Justine Jotham

Qui veut la peau d'Otto Dafé ?

oskar
éditeur

Chapitre 1

Le samedi matin, Lazarillo n'allait pas à l'école. Ce jour ne ressemblait pourtant en rien à des vacances. Il se levait aux aurores et quittait son immeuble de dix étages situé en banlieue pour rejoindre le centre de la capitale sur le coup de huit heures. Là, il exécutait beaucoup de corvées en échange d'un modeste salaire, grâce auquel il aidait sa tante Lucida à boucler les fins de mois difficiles.

Depuis la disparition de son père puis de sa mère, que le veuvage avait fait mourir de chagrin, il habitait chez Lucida. Il s'estimait heureux de ne pas devoir vivre en foyer, comme l'un de ses meilleurs amis, Peter Pan.

Lazarillo avait une chance inouïe d'avoir Lucida. Cette femme délicieuse et drôle le chérissait depuis sa naissance. Comme elle ne s'était jamais mariée et qu'elle était aussi sa marraine, elle avait reporté toute son affection sur lui. Elle lui prodiguait tout l'amour dont un enfant a besoin, et cet amour était réciproque. En bonne fée qui s'était penchée sur son berceau, elle s'était juré de le protéger toujours, car il lui rappelait ses deux frères. Il avait la même peau brune, les mêmes immenses yeux noirs, le même regard intense, ce qui lui rappelait leurs lointains ancêtres aux origines hispaniques.

Le manque d'argent n'avait jamais entamé son caractère enjoué, et tous deux s'en sortaient tant bien que mal. Elle travaillait dur, et Lazarillo, dès qu'il en avait été capable, avait tout fait pour l'aider. Il était débrouillard et effectuait les tâches qu'on lui confiait : il portait des courses, postait des courriers, promenait des chiens, taillait des troènes, lavait des vitres, nettoyait des voitures ou faisait la plonge. Rien ne l'arrêtait, et ses employeurs étaient plutôt bons envers lui.

Mais, quelles que soient la générosité et la gentillesse des uns et des autres à son égard, il y avait une personne pour qui il avait un réel attachement. C'était le doyen de la ville, un vieillard malvoyant. Lazarillo n'était jamais parvenu à connaître son âge exact, car selon la légende il s'était arrêté de compter après un siècle d'existence. Il savait seulement que ledit M. Pangloss avait passé cent ans. Aussi, tout le monde avait fini par l'oublier, il vivait dans une parfaite solitude.

Lorsque Lazarillo avait croisé son chemin, il ne l'avait plus quitté. Il était devenu son unique compagnie. Il l'aidait à traverser les passages cloutés, se rendait à la supérette du quartier – pour y acheter le strict nécessaire – et, enfin, lui faisait la lecture de son hebdomadaire. S'ensuivaient d'infinies conversations. C'est ainsi qu'il apprenait à exercer son jugement auprès du centenaire, que l'intelligence n'avait pas quitté avec ses derniers cheveux et ses dents, qui se raréfiaient.

À chaque mot sortant du journal, Pangloss s'emportait : « Des sornettes, qu'on nous raconte ! En semant la panique dans nos têtes, on essaie simplement de nous faire peur pour mieux nous tenir en laisse. Ne va pas croire ce qu'on nous dit. Tu as plus de jugeote que ces moutons de

Panurge. » Même si Lazarillo avait bien compris qu'il s'agissait d'une image signifiant que la majorité de leurs concitoyens étaient incapables de réfléchir et ressemblaient à de vulgaires pantins, il ne résistait pas à l'envie de se les représenter avec quatre pattes et de la laine sur le dos.

Comme il connaissait par cœur ce laïus du vieillard, il ajoutait, avant qu'il n'ait le temps de le faire, sa conclusion favorite :

— Je sais tout ça, monsieur Pangloss. Même que, de votre jeune temps, on disait que « tout était pour le mieux dans le meilleur des mondes ».

— Bien parlé, mon garçon ! répliquait-il, heureux d'avoir trouvé un disciple retenant cette leçon qu'il tenait lui-même de son livre préféré, où ses parents avaient puisé l'inspiration de son prénom.

Dans le conte de Voltaire, le personnage de Pangloss avait beau être un optimiste excessif et ridicule, le vieillard tenait à ce modèle, qui lui dictait sa philosophie. Il enseignait au naïf Candide que le bien règne envers et contre tout, ce que ses mésaventures venaient contredire. De tout cela, notre Pangloss n'avait gardé que le projet de vivre heureux, en tâchant d'ignorer le mal pour faire face à toutes les horreurs qu'il avait subies. Tant pis si on se moquait de son attitude !

— Par contre, reprit-il, je t'ai déjà dit cent fois qu'il n'y a pas de « monsieur » avec moi.

Lazarillo le faisait exprès pour l'entendre ronchonner ; il y prenait un malin plaisir. Mais, par ailleurs, il ne pouvait s'empêcher de se questionner : qu'est-ce qui avait pu « être pour le mieux » ? Un mystère insondable que Pangloss n'avait jamais voulu éclaircir. Alors, il donnait libre cours à son imagination. Ces paroles fondaient à elles seules tous ses espoirs. Il formulait des rêves lointains : en particulier celui de retrouver son père, qui avait été emporté par une longue et incurable maladie qu'on nommait « mélancolie profonde », dont beaucoup de personnes souffraient dans le pays. Évidemment, il savait que c'était irréalisable. Toutefois, depuis que Pangloss lui avait inculqué cette doctrine, il ne doutait pas qu'un jour il finirait par trouver ce « mieux ». Il y parviendrait et alors il serait pleinement heureux.

Chapitre 2

La matinée de travail de Lazarillo fut très chargée ; elle défila à toute vitesse.

Un coup d'œil sur sa montre : il était midi passé. Il était en retard, mais, qu'importe, il tenait fièrement l'argent qu'il avait gagné serré dans sa poche, et il avait hâte de présenter à sa tante ce petit pécule qui leur permettrait de vivre décemment pendant la semaine suivante.

Il frappa trois petits coups brefs à la porte. Lucida les aurait reconnus entre mille. Elle accourut. Un tablier de cuisinière noué à la taille, elle attendait son neveu avec impatience.

— Ah ! mon petit chéri, enfin de retour ? Comme je suis contente de te voir ! fit-elle en lui passant la main dans sa touffe de cheveux trop longue.

— Oh ! tata, s'il te plaît ! fit-il en soufflant, partagé entre le plaisir de recevoir ce petit nom plein de tendresse et la honte d'être encore appelé ainsi à son âge.

— Personne ne nous entend. Chut ! ça reste entre nous, se défendit Lucida avec un clin d'œil malicieux. Allez, lave-toi les mains et installe-toi à table. Je suis sûre que tu es affamé.

Le repas fut vite prêt. Lucida n'était pas un cordon bleu, mais rien ne valait un repas partagé avec elle, car elle mettait tout son cœur dans les plats qu'elle préparait. Lazarillo s'assit à table, passa une serviette autour de son cou et s'arma de couverts. Ils mangèrent avec appétit.

Très rapidement, la discussion s'anima. Ils en vinrent tout de suite à leur conversation favorite : Don Quichotte, l'oncle de Lazarillo – le frère cadet de Lucida et l'aîné de son père.

Don Quichotte se faisait appeler « Don Quichotte de la Manche », du nom du chevalier dans le roman du célèbre Cervantès. Il avait quitté le pays des années avant que Lazarillo ne vienne au monde. Néanmoins, ce dernier avait l'impression de le connaître par cœur, car sa tante et lui le faisaient vivre dans d'interminables conciliabules.

Don Quichotte était l'image d'une liberté sans pareille, aussi Lazarillo rêvait-il de lui ressembler un jour. Il se sentait plus proche de celui qui était pour lui un véritable héros que de la plupart des collégiens qu'il côtoyait – exception faite de ses trois meilleurs amis.

Malheureusement, les nouvelles de Don Quichotte se faisaient rares. C'est que tout courrier passant la frontière était soumis à la censure et passé au peigne fin. Il ne faisait pas l'ombre d'un doute que ses lettres enflammées étaient détruites.

—Tiens, tiens… commença Lucida sur un ton mystérieux, les yeux pétillants. En parlant de Don Quichotte, je crois bien que j'ai une petite surprise.

Ce jour était spécial. Voilà pourquoi elle était particulièrement joyeuse.

— Une surprise ? Pourquoi est-ce que tu m'as caché ça ? Vas-y, dis-moi. Et vite ! répliqua Lazarillo, qui ne tenait plus en place sur sa chaise.

— Minute, papillon. Tu vas me laisser le temps de nous préparer une tasse de thé pour savourer ce moment, dit-elle en agitant une enveloppe décachetée.

Le garçon se posta devant la gazinière, le regard rivé sur la bouilloire, qui mettait une éternité à daigner siffloter, et il se perdit dans ses pensées. Que pouvait bien raconter Don Quichotte que la censure ait pu laisser passer ? On n'avait jamais de courrier palpitant à lire. Surtout pas des histoires extraordinaires comme celles dont son oncle, d'après les récits de Lucida, était le héros ! Elle brossait de lui des portraits teintés d'imaginaire, mais c'est qu'il était tellement bon de rêver, dans une société où régnaient la peur et la contrainte. Lazarillo préférait de loin ce talent de conteuse à la médisance de son autre tante, méchante et austère, celle que ses frères et sœur avaient surnommée Folcoche. Cette dernière essayait tant bien que mal d'écorner le mythe de Don Quichotte en le traitant de fantoche ridicule. Mais, envers et contre tout, Lazarillo était fasciné : il s'ébahissait devant les clichés qu'il avait pu voir de lui. C'est vrai qu'il lui ressemblait.

« Tiens, commentait parfois Lucida, le doigt pointé sur une photo, là-dessus, il doit avoir vingt ans tout au plus, mais je mettrais ma main à couper qu'il est toujours le même. Je suis certaine qu'il a et qu'il aura toujours vingt ans. » Folcoche, elle, utilisait semblable argument pour certifier qu'en effet il ne changerait pas, pour la simple et bonne raison qu'il était irrécupérable.

Le bourdonnement aigu de la bouilloire ramena Lazarillo à la réalité.

— C'est prêt ! annonça Lucida pour attirer son attention, car elle avait remarqué qu'il s'était égaré dans ses pensées.

Il se redressa. Bah ! et dire qu'il allait devoir supporter ce breuvage insipide. Tant pis, le moment était mal choisi pour contrarier sa tante. Il décida de la presser un peu.

— Est-ce que tu vas enfin tout me raconter ?

— Patience, *niño,* patience. Ouvre-moi ça, dit-elle, en lui donnant l'enveloppe soigneusement découpée sur l'arête.

— Ça alors !

Lazarillo retourna la photo pour voir si une date était inscrite. C'était une photographie toute récente de Don Quichotte. Lucida avait donc raison : il n'avait pas changé. Quel drôle de personnage ! Il fallait voir son accoutrement. Il était affublé d'un heaume et d'un haubert, l'équipement des chevaliers médiévaux.

— Eh ! tu as vu ? lança-t-il soudain.

— Quoi donc ?

— Il y a quelque chose d'écrit au crayon. C'est

difficilement lisible. Tout est écrit en majuscules… Attends : « ANGÉLUS, LA MULE AMPLE DÉTALE. » Ça veut rien dire ! s'indigna Lazarillo, qui craignit de devoir donner raison à Folcoche parlant de la folie de son oncle.

— Dis plutôt que tu n'y comprends rien. Don Quichotte, ton père et moi, on avait l'habitude de coder nos messages pour conserver notre jardin secret. Il suffit de savoir s'amuser avec les mots : c'est une anagramme. Tu bouleverses l'ordre des lettres, et le tour est joué !

— Facile à dire, soupira Lazarillo.

— Hé, hé ! Je pense avoir trouvé la solution, fanfaronna Lucida : « La plume est la langue de l'âme. »

Après avoir compté sur ses doigts le nombre total de lettres, puis fait les vérifications pour chacune d'elles, Lazarillo s'écria :

— On dirait que ça marche. Enfin, dans un sens ou dans l'autre, cette phrase ne veut toujours rien dire.

— Tu dois avoir raison, finit par acquiescer Lucida. Certainement une moquerie de Don Quichotte vis-à-vis des censeurs. Ils se seront creusé la cervelle en vain. En tout cas, l'important est d'avoir de ses nouvelles. Si ce courrier nous est parvenu, c'est qu'il va bien. Voilà qui est plutôt rassurant !

Lazarillo avait un drôle de pressentiment. La voix de Lucida sonnait faux. Elle lui cachait quelque chose, c'était évident. Mais quoi ? Sur la figure de Don Quichotte retombait un voile de mystère.

Il n'en fallait pas plus pour piquer sa curiosité.

Chapitre 3

Le premier secret qui entourait Don Quichotte était la raison de son exil. Lazarillo n'avait jamais réussi à savoir exactement ce qui avait provoqué ce départ. Lucida faisait tout pour éviter la question, mais il était clair que cette époque avait ébranlé le pays entier. Ceux qui savaient se taisaient et en demeuraient hantés ; les ignorants n'osaient pas en parler de peur d'éveiller un mal qui sommeillait depuis. Plus personne n'évoquait le passé, si bien qu'à force certains l'oublièrent.

C'est le 21 décembre 1984, le premier jour d'un hiver rude et triste – dont on ne pouvait s'imaginer qu'il serait aussi long –, qu'un grand malheur survint. Tout commença le matin sur ce que l'on appelait à l'époque les « ondes hertziennes ». Soudain, chaînes de télé et stations radio devinrent folles et se brouillèrent ; une voix qui semblait surgir d'outre-tombe retentit. Sur les écrans des téléviseurs, on distingua la silhouette d'un homme, puis son visage, qui s'afficha bientôt partout pour hanter les esprits. Le mystérieux individu, qui avait choisi de se faire appeler Otto Dafé, entama un discours scandé avec éloquence. Le timbre assuré et métallique, il débitait son texte comme une espèce d'androïde dépourvu de sentiments. Il campait le parfait bourreau.

« Chers concitoyens, les membres du gouvernement se sont réunis en session extraordinaire. Le pays est en crise. Son mal vient du vent de liberté qui souffle sur lui. Mais tout n'est pas perdu : il est encore temps de redresser la situation et, pour ce faire, moi, Otto Dafé, hier encore ministre de la Culture, j'ai obtenu la confiance de tous pour devenir le dirigeant de la nation. Je la conduirai jusqu'à ce que l'ordre soit rétabli.

« La première solution que j'apporte est simple et tient en trois mots : éradiquer la littérature. Pourquoi ? Elle est pleine de revendications, pleine de mensonges, pleine d'utopies et enfin pleine de débauche. Voilà la source de notre mal.

« À compter de ce jour, tous les livres – oui, vous m'entendez bien ! –, tous les livres sont formellement interdits ! Quiconque fera, d'une manière ou d'une autre, obstacle à cette loi sera arrêté et sévèrement puni.

« Puisqu'il s'agit d'un acte de purification, c'est par le feu que je combattrai le fléau. Un bûcher aura lieu dans vingt-quatre heures sur toutes les places principales des villes du pays, en particulier dans la capitale. Dans vingt-quatre heures, vous devrez y avoir apporté tous vos livres.

« Avec mes hommes, nous nous chargerons de vider les bibliothèques, les librairies, les imprimeries.

« Je vous annonce, chers concitoyens, un retour à la raison. Le règne des sciences. Plus jamais vous ne serez contrôlés par tous ces agitateurs : écrivains, penseurs, philosophes…

« Le compte à rebours est lancé. »

L'allocution fut entendue de tous : elle retentit dans chaque foyer, dans chaque véhicule où il y avait un autoradio, dans chaque rue où des haut-parleurs avaient été disposés – partout. Partout, la voix d'Otto Dafé s'autoproclamant Grand Gouverneur fut diffusée en boucle vingt-quatre heures durant afin de pénétrer dans tous les esprits. Ses mots devaient rester gravés pour longtemps dans les mémoires. Ils avaient fait tomber le couperet.

Dire que, ce fameux jour, Lucida – qui était une jeune femme à l'époque –, Don Quichotte et leur plus jeune frère furent stupéfaits était bien au-dessous de la réalité. Les yeux rivés sur leur poste de télévision, ils demeurèrent là comme hébétés, horrifiés, incapables de prononcer une parole.

Tous trois faisaient partie de ces passionnés de livres, comme alors la plupart des habitants du pays. L'amour de la littérature était partagé : en témoignait une coutume, transmise de génération en génération, consistant à nommer les enfants d'après des personnages de fiction. Ceux qui suivaient la tradition avaient l'intime conviction qu'un tel parrainage symbolique pouvait rejaillir sur les nouveau-nés, qui hériteraient des qualités de ces puissances tutélaires, du moins osaient-ils l'espérer. Après la prise de pouvoir d'Otto Dafé, bien des gens avaient renoncé à suivre le rite, car c'était faire acte de résistance que d'oser afficher ces prénoms qui faisaient planer encore le souvenir des livres.

Folcoche, quant à elle, s'était vite rangée du côté du gouvernement. Son cœur de pierre lui avait toujours fait détester la folie des livres. Elle avait vécu comme un soulagement ce qui était un drame pour la plupart de ses concitoyens et de sa famille la plus proche. Elle maudissait les rêveurs. Elle avait observé ses frères et sa sœur avec un petit sourire narquois. Cette grimace de vengeance resta fichée sur sa face aux traits d'ordinaire inflexibles.

— Cet homme est notre sauveur. Enfin quelqu'un qui va nous remettre le Don Quichotte dans le droit chemin… et vous avec, avait-elle dit à Lucida et à son cadet. Les parents ont été trop indulgents avec vous. Ce n'est pas faute de les avoir mis en garde. Mais, à partir de maintenant, finies les rêvasseries !

Folcoche n'avait pas eu tort de clamer la fin des illusions. Très vite, le dictateur – il faut bien l'appeler par son nom – prit le contrôle des moyens de communication et empêcha tout lien avec l'extérieur. Les lignes téléphoniques étaient sur écoute et, au moindre mot qui éveillait un soupçon, la conversation était interrompue.

Quand les livres disparurent dans les grands bûchers dressés par l'État, quand les milices et les sentinelles surveillèrent tout au point de faire oublier le sens du mot *liberté,* quand le seul nom d'Otto Dafé fut propre à susciter les plus grandes craintes, la nation fut plongée dans un horrible cauchemar. La vie devint d'une tristesse profonde. Le dictateur put se targuer de faire régner l'ordre ; il imposa alors la suprématie scientifique. Les mathématiques et la biologie étaient les seules matières encore enseignées dans les écoles.

Bientôt, puisqu'on n'eut plus de livres, on ne raconta plus d'histoires. Les uns essayèrent de les effacer de leur mémoire, les autres ne s'en souvenaient qu'avec l'immense chagrin de ne plus pouvoir les transmettre ; et les jeunes ne développèrent aucun talent d'imagination.

Folcoche avait sous-estimé de beaucoup la détermination des siens – celle de Don Quichotte en particulier. Lui qu'on avait toujours pris pour un individu veule et sans aucune volonté fit la preuve du contraire. Il se dressa, leva un poing et plaça l'autre sur son cœur, avec l'air de prêter un serment :

— Aux aurores, je quitterai le pays, insoumis à ce monstre. Je refuse de lui céder mon trésor. Je ne vous oublierai jamais, et je reviendrai un jour. Je vous le promets.

— Bravo ! se moqua Folcoche en applaudissant à pleines mains. Nous te souhaitons bonne chance ! Vraiment.

Elle ne croyait pas un traître mot de ce qu'il disait. Des promesses de liberté, une profession de foi en de vains idéaux ? Quel ridicule ! Des lubies, oui ! C'était tout Don Quichotte, ainsi qu'elle l'avait découvert autrefois dans le roman que leur lisait leur père. Il ne mènerait jamais sa quête à bien.

Pourtant, son frère alla se préparer et fut bientôt sur le point de partir pour rejoindre la terre de leurs ancêtres. L'Espagne, elle, n'était sans doute pas menacée. Ses quelques affaires rassemblées dans une valise, il prit la porte.

Lucida le suivit. Pas question de rester dans la même pièce que cette sale peste de Folcoche une minute de plus !

Dehors régnait une atmosphère sinistre. Aux quatre coins des rues étaient postés des hommes raides comme des automates, vêtus de combinaisons noires, de bottes de cuir vernies et de casques à visière. Ces membres de la nouvelle police engagée par Otto Dafé hurlaient des ordres d'une voix rauque et se faisaient obéir avec violence.

Et ils n'étaient pas seuls à semer la panique.

Dans ce climat de chaos, les bandes de pirates, qui avaient presque disparu depuis des siècles, revinrent par les mers qu'ils écumaient, pour s'adonner à leur unique passion : le pillage. Otto Dafé avait passé un accord avec eux. Loin de leur vouloir du bien, en réalité, il comptait exploiter leur force destructrice dans des missions malhonnêtes afin de ne pas entacher la réputation de sa police. Il s'agissait d'un échange de « bons » procédés, même si les intentions étaient mauvaises des deux côtés.

Ils dévastèrent tout ce qu'ils purent dévaster. Pas de quartier ! Ils entraient dans les demeures, fracassaient les portes, saccageaient les vitrines, dont les débris s'accumulaient sur le sol dans un bruit assourdissant de verre cassé, s'emparaient de tout ce qui constituait un trésor à leurs yeux. Tous ces livres vendus à l'étranger vaudraient bientôt de l'or.

La majeure partie de la population s'était mise au pas rapidement. D'ailleurs, ceux qui ne se décidaient pas à obéir étaient rendus dociles par la menace d'une arme ou d'un enfermement dans les catacombes. Le pas traînant et lourd, la mine défaite et les bras chargés des livres dont ils étaient forcés de se séparer, ils défilaient en direction des places publiques. Ils retenaient leurs sanglots dans un hoquet, parfois s'effondraient sans pouvoir se contrôler. Au loin, la vue des hautes flammes du bûcher qu'attisaient sans cesse, au moyen de soufflets, les escadrons d'Otto Dafé les anéantissait. D'épais nuages s'élevaient vers le ciel roussi. L'air irrespirable sentait le soufre et la mort, des braises ardentes jonchaient le sol comme si les feux de l'enfer avaient tout dévasté.

C'était au beau milieu de cet horrible spectacle que Don Quichotte s'apprêtait à faire ses adieux. Il n'avait pas trouvé la force d'embrasser une dernière fois ses parents et son frère. Il n'aurait pas supporté de voir leur visage baigné de larmes. Il les recommanda à Lucida :

— Tu vas me manquer. Je m'en vais visiter le monde et protéger ce trésor qu'on nous pille. Ne sois pas inquiète, sœurette. La vie est incertaine, mais heureuse pour qui aime les aventures. Je t'emporte dans mon cœur. Prends soin de la famille. Ils auront besoin de ton soutien.

Lucida ne chercha pas à s'opposer à son départ. Que dire ? Il allait défendre une noble et juste cause. Et puis il s'en sortirait. Cela ne faisait aucun doute. Son avenir n'était finalement pas plus douteux que la misérable vie qui les attendait dans l'abrutissement général et la terreur. Don Quichotte entassa ses effets dans son coffre. Il lui adressa un clin d'œil : il emportait ses livres favoris clandestinement – combien difficile avait été cette sélection ! Lucida le prit une dernière fois dans ses bras avant qu'il ne monte dans sa vieille rosse de voiture. Enfin, il démarra le moteur pétaradant, couvrant ainsi leurs ultimes paroles, et s'en alla.

Don Quichotte observa dans son rétroviseur l'image de sa sœur livrée à elle-même dans la ville désolée. Il s'en voulut. Toutefois, son destin était ailleurs.

Sur le chemin du retour, les cendres tournoyaient autour de Lucida. Certaines se collaient à sa peau, en y laissant une marque noire et charbonneuse. Tout à coup, elle aperçut une feuille qui volait, volait, et finit par se poser délicatement à ses pieds.

Elle se baissa discrètement pour la ramasser.

— Tiens ! une page de *L'Ingénieux Hidalgo Don Quichotte de la Manche*. Incroyable ! s'ébahit-elle.

C'était le livre de prédilection de la famille,

d'après lequel ses parents avaient nommé Don Quichotte. Elle jeta un coup d'œil à la dérobée et, profitant de ce que personne ne la voyait, elle la plia en quatre pour l'enfoncer dans sa poche. Cette relique lui rappellerait chaque jour son frère jusqu'à son retour.

Chapitre 4

Le mystérieux message adressé par Don Quichotte dans ce courrier continua de turlupiner Lazarillo. « La plume est la langue de l'âme. » Qu'est-ce que cela pouvait bien vouloir dire ?

Il désirait plus que tout résoudre cette énigme, qui lui avait déjà dérobé bien des heures de sommeil. Après avoir cogité quelques jours et quelques nuits, il en parla de nouveau à sa tante Lucida. Elle connaissait par cœur son frère, ce magicien des mots qui avait la manie de métamorphoser la réalité à sa guise, d'enjoliver les misères, de faire d'un taudis un château et de la première venue une princesse. Elle devait à coup sûr savoir ce que tout cela voulait dire.

Lazarillo profita d'un petit déjeuner pour la

questionner et essayer de soutirer quelques indices. Aussi asséna-t-il ses questions :

— Dis-moi, tante Lucida, est-ce que tu crois que Don Quichotte va bien ? Son message m'inquiète. Qu'est-ce qu'il voulait dire par là ? Est-ce un appel de détresse ? Est-ce qu'il est heureux là où il est désormais ?

— Là où il *est* ? *Là où il passe*, tu veux dire. Il poursuit sa quête. Un vieux rêve d'enfance. Ne te fais aucun souci pour lui. Il parcourt la péninsule Ibérique, où sont nés nos ancêtres, une région splendide, à ce qu'il paraît.

— Mais est-ce qu'il n'était pas bien parmi vous ? Pourquoi avoir quitté le pays ?

— Je te l'ai dit : il a réalisé son rêve. Et puis, disons que les circonstances l'y ont aussi un peu poussé. Enfin, changeons de sujet. Qu'est-ce que tu as comme cours, aujourd'hui ?

Lucida avait beau faire comme si de rien n'était, il était clair que cette conversation la tracassait. Elle s'était rembrunie et esquissait un sourire crispé. C'était une bavarde invétérée. Son silence était inhabituel.

Lazarillo avait eu confirmation de ce qu'il soupçonnait depuis longtemps : derrière le départ de Don Quichotte se cachait un secret. Malheureusement, il devait se rendre à l'évidence,

Lucida ne lâcherait pas le morceau si facilement.

Il alla se préparer pour le collège tout en continuant de se répéter cette étrange phrase dont il espérait comprendre un jour le sens. Pour le moment, pas la moindre idée ne lui venait. Internet, qui devait permettre au monde entier d'échanger l'information à la vitesse de l'éclair, était inaccessible, ou du moins extrêmement contrôlé. Inutile de le consulter. Censure, censure, censure ! Ses recherches s'étaient avérées infructueuses. La navigation bridée n'avait laissé apparaître que le visage d'Otto Dafé en lieu et place des pages défendues, avec un message d'alerte en grosses lettres rouges qui clignotait comme pour mettre en garde contre une explosion atomique. Ensuite, l'écran s'était éteint. Des programmes passaient toutes les connexions au peigne fin. Des listes de mots interdits étaient répertoriées dans une base de données, et toute recherche sur l'un d'entre eux aboutissait à ce genre de message.

— Pfff ! dit-il en pensant aux propos de son ami Pangloss, pas moyen de savoir quoi que ce soit dans ce fichu pays. S'ils croient que je vais me laisser faire, ils se mettent le doigt dans l'œil.

Je ne suis pas comme tous ces moutons de Panurge, moi.

Il n'avait pas tort. Son opiniâtreté et sa curiosité étaient deux grandes forces. Mais bien sûr ! Comment n'y avait-il pas songé avant ? Il détenait la solution : Pangloss ! C'était sans doute la tête la plus remplie de la ville. Son optimisme et sa foi inébranlable en l'importance du savoir lui avaient certes valu une réputation de fou sénile, mais il évoluait loin de la bêtise ambiante. S'il lui arrivait de se perdre dans les méandres de ses pensées, c'est qu'il avait le mérite d'en avoir, lui. Voilà qui était chose rare. Pour être aveugle, il n'en était pas moins clairvoyant. L'étendue de ses connaissances contrebalançait sa cécité.

Lazarillo comptait s'en remettre à lui. Il lèverait ses interrogations sans difficulté. C'était son dernier espoir. Vivement le samedi suivant !

Le jour J arriva enfin. Lazarillo se prépara pour sa matinée de travail et, avant de s'en aller, il prit une boîte de ses biscuits préférés dans un placard de la cuisine, un petit cadeau qu'il partagerait avec le vieillard.

La matinée avait défilé à toute vitesse. Déjà midi. Décidément, il était une fois encore en retard. Il se précipita chez Pangloss.

Parvenu devant l'immense demeure, il l'observa quelques instants, car elle l'impressionnait toujours. Haute de trois étages, elle dominait tous les toits de la rue. Sa façade originale la distinguait aussi : elle était unique, avec ses sculptures, ses mascarons, ses chiens assis et ses balconnets un peu biscornus. Seulement, avec son jardin en friche et ses carreaux sales, cette maison semblait abandonnée. Elle l'était tout autant que son propriétaire. Lazarillo se demandait souvent ce que Pangloss avait pu faire seul toute sa vie dans un espace aussi vaste, car il imaginait qu'il n'avait jamais eu ni femme, ni enfants, ni amis.

Il tapa deux coups avec le heurtoir à tête de lion. La porte s'ouvrit immédiatement, comme si le vieillard attendait derrière elle, la poignée dans la main.

Pangloss avait les cheveux hirsutes. Ses yeux étaient perdus dans le tourbillon de ses grosses lunettes en écailles, aux verres à double foyer aussi épais que des culs-de-bouteille. Il plissa les paupières, fronça les sourcils, approcha son visage de Lazarillo, posa la main sur sa tête :

— Ah ! Voilà mon jeune ami. J'ai eu peur de ne pas te voir. Le coucou a sonné douze heures. Mais entre donc, dit-il en le tirant par le bras.

— Désolé, monsieur Pangloss. Quelle matinée ! Beaucoup de travail…

— Combien de fois vais-je encore devoir te le répéter ? Pas de « monsieur ».

— Oh ! oui, Pangloss… J'ai oublié… Par contre, il y a quelque chose que je n'ai pas oublié, qui vous fera me pardonner.

Sur ces mots, Lazarillo tendit le paquet de petits sablés qu'il avait ouvert.

— Des biscuits ? Ha, ha ! Alors là, pas de refus. Suis-moi ! Ton retard est excusé, marmonna le vieil homme en grignotant un gâteau tant bien que mal avec ce qu'il lui restait de dents. Les sablés ont parlé en ta faveur.

Pangloss emprunta le long couloir qui menait à la cuisine, guidé par sa canne blanche, avec laquelle il frappait le sol. Il y entra, prit place à table, où il fut aussitôt rejoint par un de ses chats, qui lui sauta sur les genoux.

— Ne reste pas debout ! Pas de manières chez le vieux Pangloss, fit-il en désignant l'animal qui, sans gêne, s'était installé sur lui et ronronnait d'aise.

— Merci, Pangloss. Mais avant ça, est-ce que vous n'avez pas oublié qu'on doit faire vos commissions pour la semaine ?

— Non, non, pas de courses aujourd'hui. Je

pense que tu as mieux à faire. Ta voix est étrange : tu me caches quelque chose. Si mes yeux ne vont plus bien, je peux t'assurer que j'ai les meilleures oreilles du monde. Allons, n'aie pas peur, petit, parle.

Chapitre 5

Lazarillo raconta son histoire de A à Z. Pangloss demeurait coi, attentif à la moindre de ses paroles.

— Don Quichotte ? Si je connais Don Quichotte ? répliqua Pangloss, quand son jeune ami lui dévoila l'identité de son oncle et l'interrogea naïvement. Pour qui est-ce que tu me prends ?

— Oh ! pardon, je ne voulais pas vous offenser. Mais comment le connaissez-vous ?

— C'est une autre histoire... Mais dis-moi : où est-il ?

— Heu... difficile à dire... sur les routes espagnoles. Partout et nulle part.

— Bonne nouvelle ! s'enthousiasma le vieil homme.

— Je suppose... répondit évasivement Lazarillo.

— Tu supposes ? Comment ça ? Bien sûr que c'est une bonne nouvelle. Pas de raison de s'inquiéter pour lui.

— À vrai dire, c'est ma tante Lucida, sa sœur, qui m'inquiète. Depuis qu'elle a reçu une photo de lui, elle n'est plus comme d'habitude. Et puis, il y a aussi ce message bizarre qu'il lui a passé...

— Bizarre, dis-tu ?

— Oui, bizarre : une phrase sans queue ni tête.

— Je vois... Une énigme, sans doute. Don Quichotte et moi, on adorait ça. Je suis imbattable.

— Alors, vous allez pouvoir m'aider ? se réjouit le garçon.

— J'imagine. Quelle est cette phrase ?

— « La plume est la langue de l'âme. » Pas un mot de plus, pas un de moins.

— Évidemment, non ! Quel mot voudrais-tu y ajouter ou y soustraire ?

— Ça veut dire que vous en comprenez le sens ?

— Oui, bien sûr ! Il s'agit des sentiments et des rêves suscités par la littérature.

— La *quoi* ?

— La littérature. Fichtre ! Forcément, tu es trop jeune pour comprendre…

— Mais je veux savoir quand même.

— Mauvaise idée.

Après un temps de silence pendant lequel il réfléchit, Pangloss se gratta le menton et reprit :

— Oh ! Et puis, après tout… La littérature, ce sont les livres, la beauté, l'art, le bonheur, le savoir. Un monde fait de héros qui ne changent pas et ressuscitent aussi souvent qu'on lit leur histoire.

— Est-ce que ça ne serait pas ces livres qu'on dit dangereux ?

— Dangereux ? Des sornettes ! On aura tout entendu. Et c'est à moi que tu dis ça ? À moi qui n'ai jamais aimé que la littérature depuis plus de cent ans ?

— Pardon, Pangloss, c'est juste… je croyais que…

— Ne crois pas ce qu'on raconte !

— Et que signifie cette phrase au juste ?

— *Au juste* ? Rien. Pas de vérité pure là-dedans. La littérature, ce n'est pas une science exacte. Par contre, je peux te dire ceci : qui tient la plume pour écrire peut parler de tout sans exception — de choses vraies et rationnelles autant que folles et imaginaires.

— Et Don Quichotte dans tout ça ?

— Don Quichotte est le plus fervent amateur de littérature que je connaisse et, à mon humble avis, que la terre ait porté. Quand il avait ton âge, il avait toujours le nez fourré dans les livres. Je suis bien placé pour le savoir, c'est moi qui les lui conseillais. Et avec tout ça, il avait une imagination débordante. À l'heure qu'il est, il est peut-être bien en train de vivre les aventures des preux chevaliers : de combattre des géants ou de délivrer des demoiselles. Moi qui pensais que ses lubies lui passeraient un jour !

— Mais pourquoi est-ce que la littérature a été bannie ?

— C'est une grave erreur et une longue histoire, mon garçon, très longue. Je ne sais pas si j'ai le temps de te la raconter. Ta tante risque de s'inquiéter, non ?

— Non, Pangloss, je l'ai prévenue que je rentrerais plus tard que d'habitude.

— Alors, dans ce cas, je pense que le moment est venu qu'il y en ait au moins un de vous, les jeunes, qui soit au courant de tout. D'ailleurs, je n'y suis pour rien ; c'est toi qui es venu me demander la vérité.

Lazarillo acquiesça pour encourager Pangloss à satisfaire sa curiosité. Ce dernier était heureux de pouvoir enfin confier ce secret à quelqu'un. Son jeune ami était la personne idéale. Il s'empara d'une bouteille de jus d'orange, remplit deux verres (sans se soucier d'en renverser la moitié à côté), mordilla un sablé et, la bouche à moitié pleine, entama son récit.

Il ne lui épargna aucun détail et remonta aux origines de la littérature. C'était comme s'il avait rajeuni d'un coup : son visage sillonné de rides s'éclairait à mesure qu'il présentait les chefs-d'œuvre. Enfin, il annonça gravement cette date décisive du jour de l'hiver 1984. Ses traits se durcirent. Il réunit ses forces pour décrire le bûcher qui devait réduire à néant tous les livres. Tout était intact dans sa mémoire : les flammes, la chaleur insoutenable, les cris et les pleurs, les pillards sans états d'âme, les milices vengeresses.

Lazarillo, muet, les yeux écarquillés par la surprise, écoutait. Jamais il n'avait entendu une histoire aussi horrible.

— Tu vois, petit, toute ma vie et cette maison entière étaient dédiées aux livres. Mes meilleurs compagnons. Ils étaient des milliers et des milliers ici. Tous les lecteurs de la ville venaient me les acheter, car, mieux que quiconque, je savais les conseiller. J'étais un libraire très populaire avant de devenir, du jour au lendemain, l'ennemi du système. Au regard de tous, je suis un pestiféré. Ça, tu le sais, je ne t'apprends rien : ta visite du samedi est tout ce qu'il me reste au monde. D'ailleurs, quelque chose me dit que, grâce à toi, tout redeviendra peut-être comme avant.

— Pour le mieux, vous voulez dire ?

Chapitre 6

En écoutant parler le vieillard, Lazarillo découvrait sa famille sous un jour nouveau. Son cœur hésitait entre la peur de connaître les chagrins que ses proches avaient endurés et la volonté de porter ce fardeau avec eux.

Pangloss, lui, semblait à présent soulagé.

— Mon garçon, j'ai la nette impression qu'en partageant un tel secret, nous aurons mieux à faire dorénavant que des commissions au supermarché. Pas vrai ?

— Mais Pangloss, je m'en voudrais si vous n'aviez plus de quoi manger, objecta Lazarillo, pragmatique.

— Taratata ! Aucune importance ! La nourriture substantielle n'est rien à côté de la « substantifique moelle » que je t'invite à goûter avec moi.

— Heu… je crois que je ne vous suis plus, là.

— Pas grave, petit, tu finiras par comprendre. Un certain Rabelais a parlé ainsi des livres. Selon lui, on peut y trouver de quoi faire un festin. Enfin, à condition de savoir les apprécier à leur juste valeur, évidemment. Et maintenant, tu me suis ?

— Pas sûr, bredouilla Lazarillo, qui se demanda si, finalement, le vieillard ne perdait pas vraiment la tête.

— Ça viendra. Patience ! En tout cas, si tu es prêt à essayer de me suivre, je te propose une mission mille fois plus intéressante que nos petites emplettes hebdomadaires.

— Eh bien, je crois que oui. Je suis prêt.

— Jusqu'où irais-tu ?

— Jusqu'au bout, hasarda Lazarillo.

— Qu'est-ce qui te fait penser que je parle du *bon* bout ?

— Ma confiance en vous…

— Très bien ! Seulement, je préfère te prévenir : la route est longue.

Pangloss avait échafaudé un plan si bien ficelé que Lazarillo se dit qu'il devait le mûrir depuis longtemps. Il se réjouit à l'idée de vivre une aventure aussi palpitante, mais douta d'être à la hauteur.

— L'heure tourne, mon petit. Tu ferais bien de rentrer chez toi avant d'éveiller les soupçons de ta tante. À compter de ce jour, faisons preuve de la plus grande discrétion.

Lazarillo hocha la tête et prit le chemin du retour. Pangloss avait raison : il était tard. Tante Lucida allait commencer à s'inquiéter.

Quand il fut rentré, Lazarillo alla s'installer sur son lit et se mit à rêver. Il se voyait déjà marcher sur les pas de Don Quichotte. Mais, avant tout, il fallait qu'il accomplisse la première mission confiée par Pangloss : trouver des partenaires pour former une équipe solide. À deux, ils n'arriveraient à rien.

Immédiatement, Lazarillo songea à ses meilleurs amis. Il ne les avait jamais quittés depuis le premier jour de l'école primaire. Tous les quatre étaient soudés. Ils s'étaient d'abord rapprochés parce qu'ils se trouvaient différents des autres enfants. Eux seuls se comprenaient. Ils étaient curieux, détestaient les injustices et étaient toujours en quête de liberté. Les recrues idéales !

Lazarillo s'empara de son talkie-walkie pour les appeler. Si l'outil de communication paraissait désuet, il s'agissait en revanche d'un moyen ingénieux pour contourner les barrages dressés par Otto Dafé en évitant la surveillance des téléphones portables et des courriers électroniques. Plus personne ne s'intéressait à ces vulgaires radios complètement archaïques qui n'émettaient qu'à quelques kilomètres à la ronde.

— Pi, Sigma, Rhô, vous me recevez ? demanda Lazarillo.

Ces noms de code étaient la traduction grecque de l'initiale de leur prénom : *Rhô* pour *Rouletabille*, *Pi* pour *Peter Pan*, *Sigma* pour *Shéhérazade*, *Lambda* pour *Lazarillo*. Quatre noms, ils l'ignoraient, qui leur venaient de héros de fiction : chose rare pour des jeunes nés après l'autodafé. Ils avaient appris cet étrange alphabet en fouillant dans de vieux cahiers d'écolier à la couverture jaunie que conservait, au fond d'une antique armoire, le père de Rouletabille.

— Cinq sur cinq, Lambda, répondirent presque simultanément les trois voix hachées par les parasites qui faisaient grésiller l'appareil.

— Quoi de neuf ?

— Un scoop, répliqua Lazarillo. Mais, chut : motus et bouche cousue ! Rien ne devra paraître dans le journal. Si vous voulez en savoir plus : rendez-vous demain dimanche à dix heures sous le chêne tortueux.

— Tu vas quand même nous en dire davantage, n'est-ce pas ? questionna la seule fille du groupe.

Shéhérazade était réputée pour sa curiosité, qui l'avait poussée à se joindre à ses trois amis dans l'équipe de journalistes du collège dès leur arrivée en sixième. Les places laissées vacantes par les anciens troisièmes avaient ainsi été prises d'emblée.

— Hors de question, ma douce ! la taquina Lazarillo. Tu devras patienter jusqu'à demain. Allez, je coupe. Salut, les amis !

— Tu ne peux pas faire ça. Je te déteste ! se vexa-t-elle.

Shéhérazade continua de pester dans le vide de l'appareil, qui ne produisait plus que son habituelle friture.

Le lendemain, sous le fameux chêne tortueux qu'ils avaient choisi comme lieu de rassemblement, les quatre amis arrivèrent à l'heure. Comme à l'accoutumée, ils se hissèrent jusqu'à la cime pour s'installer sur les branches les plus robustes, avec la seule compagnie des rongeurs qui venaient casser la graine. À l'abri des oreilles indiscrètes, ils pouvaient parler librement et en toute tranquillité de leur activité de reporter. Ils la prenaient au sérieux : elle comblait leur soif de tout savoir et leur faisait mener une vie plus palpitante que celle de la plupart des jeunes de leur âge, et des citoyens de manière générale.

— Alors, Lazarillo, ce scoop ? lança Rouletabille. Tu as fini de nous faire mijoter, oui ?

Le garçon à l'allure sage et réfléchie portant de petites lunettes rondes et une raie bien dessinée avait une fâcheuse tendance à se prendre pour le rédacteur en chef. Doué d'une rare perspicacité, il était capable de révéler tous les secrets. Rien ne lui résistait. Mener à bien des enquêtes était son passe-temps favori.

— C'est vrai, ça, poursuivit Shéhérazade. Tu devrais avoir honte : à cause de toi, je n'ai pas fermé l'œil de la nuit.

— D'accord, d'accord. Enfin, en parlant de scoop, j'y suis peut-être allé un peu fort. L'info est croustillante, croquante, étonnante. Mais, pour tout vous dire, elle n'est pas vraiment récente.

— Pas récente ? Tu pourrais être plus précis ? questionna Rouletabille.

— Elle doit avoir environ trente ans.

— Trente ans ! C'est pour ça que tu nous as fait rater une grasse matinée et un petit déjeuner au foyer ? feignit de s'indigner Peter.

En réalité, il n'aurait troqué sa place actuelle pour rien au monde. Il était bien plus heureux en compagnie de ses trois acolytes qu'au foyer où il résidait. Là-bas, il essayait par tous les moyens de rendre son existence plus gaie, notamment en révolutionnant les lieux par sa rébellion facétieuse et permanente, qui faisait de lui l'émule inconscient du héros du roman d'après qui il avait été nommé. Peter Pan était ce même garçon qui refusait de grandir. Il riait de tout, prenait tout à la dérision, à tel point qu'il était devenu la bête noire des éducateurs, qui se méfiaient de cet esprit de liberté le distinguant des autres enfants, qui, tous, se comportaient comme des automates.

— Hé ! Pas si vite ! reprit Lazarillo. Je crois bien que je vais vous en donner pour votre argent. Vous n'allez pas être déçus du voyage.

Il jubilait de voir les mines ébahies de ses camarades. Il les fit patienter encore un peu, puis répéta le récit que lui avait fait Pangloss. Il ne leur épargna aucun détail et brossa aussi le portrait de son oncle Don Quichotte.

— Impossible ! Incroyable ! répétaient les autres.

N'était-ce pas le fruit de l'imagination de Lazarillo ? Ou de celle du vieillard ? Si tout cela était vrai, c'était bien l'événement le plus stupéfiant qui soit arrivé. Ils n'avaient jamais rien entendu de tel.

— Qu'est-ce que je vous avais dit ? se vanta Lazarillo.

— Alors là, mon vieux, tu m'en bouches un coin, repartit Peter.

— Il n'a pas tort… Mais si tu attends des excuses de ma part, ne rêve pas ! siffla Shéhérazade, qui affirmait son caractère en toute occasion.

— Des excuses ? Non. J'attends mieux que ça : d'abord, la promesse de garder ça pour vous ; ensuite, votre aide. Le vieux Pangloss a un sacré projet derrière la tête, mais nous avons besoin de vous pour y parvenir.

— Tu as notre parole d'honneur, fit Rouletabille, le regard confiant. Dis-nous tout.

Chapitre 7

— Pangloss, ouvrez-moi, c'est votre ami Lazarillo, annonça le jeune garçon après avoir frappé à plusieurs reprises.

Pas de réponse. Ses amis s'impatientaient. Et si les rumeurs concernant la santé mentale du vieillard étaient fondées ? L'aventure ne serait que la fantaisie d'un illuminé.

— Qui donc ? demanda enfin une voix chevrotante derrière la porte.

— Lazarillo, chuchota Rouletabille, sans vouloir te contrarier, tu vois bien que ce vieux est fou et que…

— Oui, je suis fou, confirma Pangloss, qui avait entendu les propos de Rouletabille, et où est le problème ? (la porte s'ouvrit) Qui vient de parler ?

Rouletabille, un peu embarrassé, leva timidement la main :

— Moi, monsieur.

— Ça ne m'avance pas à grand-chose. Je n'y vois rien. Enfin, jeune vaniteux, écoute un peu ça : « Qui vit sans folie n'est pas si sage qu'il croit. » Dixit un certain La Rochefoucauld. Qu'en dis-tu ?

En voyant le visage empourpré de Rouletabille, ses trois camarades éclatèrent de rire. Ils avaient toujours rêvé qu'on lui donne la leçon, pour une fois. C'était chose faite.

Il baragouina de maladroites excuses.

— Tu es tout pardonné, mon enfant. Après tout, vous les jeunes, vous êtes là pour apprendre. Mon bon Lazarillo, fit Pangloss en se tournant vers son ami, qu'est-ce qui t'amène ?

— Voici les trois camarades auxquels j'ai pensé pour notre aventure. C'est en eux que j'ai le plus confiance.

— Tu leur as demandé jusqu'où ils seraient prêts à nous suivre, j'espère ?

— Jusqu'au bout, m'sieur, répondit Peter avant que Lazarillo n'ait eu le temps d'ouvrir la bouche.

— Jusqu'au bout, reprit Pangloss en se grattant le menton. Et serez-vous fidèles envers et contre tout ?

— Promis, confirma cette fois Shéhérazade.

— Ça ne sera pas une mince affaire. Le jeune vaniteux n'avait pas tort : il arrive que je déraisonne. Mais c'est une nécessité, parfois. Retenez ce qu'un dénommé Érasme nous a dit : « C'est bien la pire folie que de vouloir être sage dans un monde de fous. »

Les quatre amis se regardèrent. Le vieillard avait peut-être l'air d'un fou, mais il en avait dans la tête. Ses réflexions changeaient un peu des discours tout faits et creux que tout le monde tenait dans ce pays.

— Monsieur Pangloss, je dois vous dire que vous m'avez convaincu, confia Rouletabille, qui avait mis de côté son arrogance. Pour que triomphe la vérité, je vous suivrai.

— Entendu. Mais enlève-moi ce « monsieur ». Combien de fois vais-je devoir le répéter ? Enfin, trêve de bavardages. Le moment est venu de vous faire pénétrer dans l'antre du vieux fou. Je préfère vous prévenir : vous n'avez encore rien vu.

Sur ces mots, à l'aide de sa canne blanche, Pangloss se dirigea vers l'escalier :

— Qu'est-ce que vous attendez ? fit-il quand il entendit que personne ne le suivait. Je n'ai plus l'agilité de mes vingt ans. Pour faire le tour du propriétaire, j'ai besoin d'un peu d'aide. Si vous voyez à quoi je fais allusion…

Il pointa du doigt l'interminable escalier en colimaçon qui menait aux trois étages de la maison.

— Rouletabille à la rescousse, lança celui qui avait encore à se faire pardonner son attitude.

— On dirait que notre petit présomptueux est revenu de sa vanité. Je me trompe ?

Rouletabille prit la main du vieillard, prêt à se montrer le guide le plus attentif et le plus attentionné qui soit. Ses trois camarades lui emboîtèrent le pas. Shéhérazade ne put réprimer un soupir quand elle découvrit l'aspect lugubre de la cage d'escalier. Une épaisse couche de poussière dissimulait les motifs des tableaux, des toiles d'araignée s'entremêlaient parmi les grosses torchères de bronze – cette maison n'avait pas dû être nettoyée depuis une éternité ! La jeune fille était effrayée et sursautait chaque fois qu'elle voyait quelque chose bouger. Elle douta d'être faite pour cette aventure.

— Ha ! Quelle horreur ! hurla-t-elle lorsqu'elle sentit une chose se poser sur son dos.

Elle était sur le point de redescendre toutes les marches ; Peter Pan la rattrapa.

— Ce n'est que moi, l'araignée, je veux dire,

avoua Peter Pan en faisant gigoter ses doigts dans tous les sens. Promis : je ne recommencerai plus.

Il s'agissait d'une de ces farces dont lui seul avait le secret.

— Tu es vraiment stupide quand tu t'y mets, l'invectiva Shéhérazade, furieuse de s'être laissée prendre à ce piège.

— Allez, stop ! s'impatienta Lazarillo. Et notre serment dans tout ça ?

Peter Pan bredouilla des excuses. Ils repartirent en silence.

— Hé, le jeune taquin ! l'apostropha Pangloss. Une fois arrivé au dernier étage, passe devant. Ce sera l'occasion de montrer de quoi tu es capable. Hormis, bien sûr, d'effrayer cette brave demoiselle qui a vaillamment accepté d'être des nôtres. Tu nous serviras d'éclaireur.

— À vos ordres, répondit Peter en se mettant au garde-à-vous.

Il ne savait pas ce qui l'attendait, mais qu'importe ! Il n'était pas du genre à se laisser impressionner. Pangloss leva sa canne et sans hésitation donna un coup sec à un endroit précis du plafond. Aussitôt, une trappe étroite et invisible à l'œil nu s'ouvrit ; en descendit un escalier escamotable.

— Des combles ! s'ébahit Lazarillo.

— Je me demande bien ce qu'il peut y avoir là-dedans, fit Shéhérazade, qui n'avait pas perdu sa curiosité.

— Tant mieux, parce que c'est là que nous allons. L'ami, c'est à ton tour de jouer.

Malgré toute la confiance qu'ils avaient mise en Pangloss, Lazarillo, Rouletabille et Shéhérazade se lancèrent un regard inquiet. Peter Pan fit semblant de claquer des dents, mais en réalité ce petit jeu l'amusait beaucoup. Intrépide, il commença à monter et ne se retourna que quand il eut mis les pieds dans l'obscur grenier.

Chapitre 8

Le grenier, entièrement mansardé, était traversé de poutres épaisses et basses qui maintenaient la charpente. La seule source de lumière était une fenêtre de toit occultée par un store, autant dire que l'endroit était plongé dans un noir presque complet.

— Alors ? s'impatientèrent les trois camarades, effrayés par le silence de Peter Pan, qui leur sembla inhabituel.

— Alors rien. Je n'y vois rien, répliqua-t-il en passant la tête par la trappe.

— Prends ça ! fit Pangloss.

Il lui lança une lampe torche qu'il sortait de la poche de son gilet. Peter la saisit au vol, l'alluma et éclaira successivement chaque mur.

— Tiens, un interrupteur, remarqua-t-il.

Il l'actionna et l'ampoule suspendue qui se mit à grésiller lui donna une vue d'ensemble de l'endroit.

— La voie est libre !

— Évidemment que la voie est libre, repartit Pangloss. Où pensez-vous donc que je vous envoie ?

Il ne restait plus qu'à monter quelques marches, toutefois celles-ci étaient dangereuses pour un vieillard aveugle. Cela n'arrêta pas Pangloss : il tranquillisa Rouletabille, qui lui donnait toujours le bras. Il le sentait tendu.

— N'aie pas peur, petit ! J'ai l'impression d'avoir rajeuni de vingt ans.

Rouletabille fit un rapide calcul : ça n'avait rien de rassurant ! Il s'efforça de sourire quand même devant tant d'optimisme et d'enthousiasme.

— Heu, quand tu dis que la voie est libre, tu pourrais être plus précis, se plaignit Shéhérazade en observant les nombreux arachnides qui peuplaient les lieux.

Elle s'avança néanmoins parmi les meubles, qui tous avaient l'air de fantômes, car ils étaient recouverts de draps blancs.

— Les enfants, découvrez-moi deux canapés,

ordonna Pangloss. Vous verrez comme on sera bien, une fois qu'on sera assis. Vous n'aurez plus envie de décoller, et j'aurai du mal à vous déloger.

— Comme les araignées, hein ? blagua Peter Pan, en enlevant un des draps, aidé de Lazarillo.

Au passage, il fit déguerpir un beau spécimen à huit pattes qui y avait élu domicile. Et aussitôt dit, aussitôt fait, les quatre amis prirent place dans les coussins moelleux. C'est vrai que ce canapé était confortable !

Pangloss, à tâtons, fit le tour de la pièce et découvrit tous les meubles en déplaçant un voile de poussière qui fit éternuer tout le monde avant de se dissiper.

— J'admets qu'il y aurait besoin d'un petit coup de nettoyage, mais à part ça je suis sûr que tout est intact et que cet endroit est comme je l'ai laissé il y a à peu près trente ans. Parfait pour ce que nous aurons à y faire.

— À propos, est-ce qu'on peut savoir exactement ce qu'on aura à y faire ? interrogea Shéhérazade, pragmatique, qui, malgré sa bonne volonté, voulait savoir dans quoi elle s'engageait.

— C'est bien la curiosité qui vous a guidés vers moi ? Cette énigme de Don Quichotte, je me trompe ? Vous vouliez savoir ce qu'elle cache ? Eh bien, je vais vous parler de littérature, moi.

— D'accord !

— Mais, pour commencer, dites-moi ce que vous aimeriez entendre comme histoires.

— Des histoires d'amour ! s'exclama Shéhérazade en rougissant un peu.

— Et moi, d'aventures, continua Peter Pan. Au-delà de ces fichues frontières et très loin des hommes d'Otto Dafé qui n'arrêtent pas de tout surveiller. Tiens, en Amérique, par exemple. Ça fait rêver.

— Des enquêtes policières et des mystères à élucider, lança Rouletabille.

— Un voyage dans l'espace, finit Lazarillo.

— Ha, ha ! se réjouit Pangloss. J'ai une bonne nouvelle à vous annoncer : je pense pouvoir donner satisfaction à chacun d'entre vous. Maintenant, la balle est dans votre camp. Allez me chercher ces livres !

Comme personne ne bougea, il tapa dans ses mains et dit :

— Qu'est-ce que vous attendez ? Ne restez pas plantés là !

— C'est que… sans vouloir vous contrarier, commença Lazarillo, je ne vois rien ici qui ressemble de près ou de loin à un livre.

— Parce que vous croyez qu'ils vont venir à vous ? Non, c'est à vous d'aller les chercher.

Prenez cette carte, poursuivit Pangloss en sortant de l'une de ses multiples poches un papier froissé. Je n'ai jamais eu un immense talent de dessinateur, mais, si mes souvenirs sont bons, le plan est exact et vous permettra de trouver votre bonheur.

— « Carte au trésor », lut Lazarillo après avoir déplié la feuille. Regardez !

— Ici, ce sont les points cardinaux, remarqua Shéhérazade. Seulement, allez savoir où on se trouve et dans quelle direction on est tournés.

— Si je ne me trompe pas, poursuivit le méthodique Rouletabille, qui pointait l'index droit devant lui, le soleil s'est levé de ce côté, donc voilà l'est. L'entrée de la pièce, que voici, est donc orientée vers le sud. Nous devrions aller dans cette direction.

— Bravo ! Mais que veulent dire tous ces chiffres entre les deux croix ? Même si je n'ai pas la bosse des maths, j'ai l'impression que ce ne sont pas des mètres, déduisit Peter. Ou alors il va falloir pousser les murs.

— Pour une fois, je dois bien admettre que tu as raison. Je pencherais pour des pieds, suggéra Shéhérazade. Qu'en dites-vous ?

— J'en dis que vous êtes des génies, mes enfants, félicita Pangloss en applaudissant.

Shéhérazade se mit aussitôt à mesurer en pieds. Elle compta en silence et avec minutie.

— Bizarre, bizarre, fit-elle. Je suis pourtant sûre de ne pas avoir fait d'erreur. Pourtant, j'ai le nez collé au mur.

— Et tu n'en as sûrement pas fait, commenta Pangloss. Les garçons, allez lui donner un coup de main. Toutes vos forces réunies seront nécessaires pour faire bouger ce mur.

Ils crurent d'abord à une blague de Pangloss, car Peter Pan venait de parler de pousser les murs. L'idée semblait invraisemblable, mais le vieillard avait l'air sérieux et il leur fit signe de s'exécuter. Ensemble, de toute leur énergie, ils poussèrent donc la paroi de pierre. Au bout de quelques tentatives, une partie du mur se mit à pivoter légèrement, puis se déroba tout à fait.

— Pas croyable ! s'ébahirent-ils en fournissant un ultime effort.

Trois rangées de livres – soit cent ouvrages environ –, tous parfaitement alignés, se trouvaient là devant eux.

— Je n'en crois pas mes yeux. C'est un trésor ! s'écria Peter Pan.

— Oh ! juste ce qu'il m'en reste, disons. Une modeste bibliothèque qui a survécu au bûcher de notre très-cher et très-grand gouverneur.

— Alors, c'est donc bien vrai, tout ce que vous avez raconté à Lazarillo ? Comment avez-vous pu sauver ces livres ? s'étonna Shéhérazade, admirative.

— Avec une bonne dose de ruse et une once d'intrépidité. Ce fameux jour de l'hiver 1984, quand j'ai entendu le discours d'Otto Dafé, j'ai compris que je perdrais tout si je ne réagissais pas rapidement. Vingt-quatre heures, pas une de plus, voilà le temps dont nous disposions pour lui remettre tous nos livres avant que sa police ne nous les enlève de force ou que de satanés pirates ne nous les dérobent. C'est le délai que je me suis donné pour mettre au point ce système afin de sauver quelques exemplaires. Heureusement pour moi, je n'étais pas tout seul. Un fidèle ami qui me rendait visite tous les jours depuis de longues années m'a aidé.

— Est-ce que ce serait mon oncle Don Quichotte ? osa demander Lazarillo.

— En personne. Il n'y a qu'à lui que je pouvais donner ma confiance, car nombreux furent les traîtres ; et ils le sont encore. La peur a multiplié les délateurs. Par crainte de périr, on se dénonçait sans scrupule. Depuis ce jour, la société s'est gâtée. Combien sommes-nous à résister ? Une poignée. Les autres sont tous des moutons de Panurge.

— Et comment est-ce que vous avez fait ?

— Don Quichotte m'a annoncé son départ. Il ne savait ni le lieu ni la durée de son exil. Il était juste certain de ne pas vouloir vivre dans un pays sans liberté et sans littérature. En me faisant ses adieux, il m'a demandé ce que je comptais faire. Alors, je lui ai montré les plans que j'avais élaborés. Il a tout de suite compris que je n'y parviendrais jamais seul, et il a proposé de me prêter main-forte. À deux, nous avons abattu ce travail en une nuit. Nous pouvions être fiers. Mais le plus dur restait à faire : choisir quels livres je garderais. Et d'une, je ne pouvais pas tous les conserver ; et de deux, ils étaient tous répertoriés. Un véritable dilemme. J'en ai éliminé quatre-vingt-dix-neuf de mes registres, et nous les avons montés ici.

— Est-ce que vous avez revu votre ami depuis ?

— Non, malheureusement. Don Quichotte m'a promis de revenir me voir un jour, mais il n'a jamais dû repasser la frontière. Je n'ai plus eu de ses nouvelles avant que Lazarillo ne vienne me parler de lui la semaine dernière.

Pangloss s'arrêta un instant et, s'adressant à Lazarillo, il prit un air grave :

— Tout cela ne peut être un hasard. Don

Quichotte a fait de toi un messager, et cette énigme est porteuse d'espoir.

— Vous voulez dire que Don Quichotte a voulu…

— Pas si vite ! Avant de faire des plans sur la comète, allez tous me chercher un livre, dit le vieillard pour détendre l'atmosphère. Faites comme chez vous… Pardon ! Vous êtes chez vous.

Les quatre camarades se dirigèrent vers les rayonnages, où ils fouinèrent. Le froissement des pages réjouit Pangloss.

— Bien, très bien. On dirait que vous trouvez votre bonheur.

— Et comment ! dit Lazarillo.

— Voyons si je vaudrais encore quelque chose comme libraire. Peter Pan, je t'aurais conseillé l'histoire de Tom Sawyer, un jeune garçon aussi intrépide que toi habitant sur les bords du Mississippi. Pour toi, Lazarillo, ç'aurait été du Jules Verne et pour toi, Shéhérazade, *Paul et Virginie*. Enfin, Rouletabille, vu ton sens aiguisé des enquêtes, j'aurais parié sur *Les Aventures de Sherlock Holmes*.

— Pas croyable ! s'étonna Peter quand il constata que Pangloss avait fait un sans-faute. Vous n'avez pas pu deviner tout ça ? Ou alors, je sais : vous êtes une sorte de voyant.

— Le vieil aveugle, un voyant ! Ha, ha, ha ! C'est bien ma veine ! Les livres sont toute ma vie, donc rien de difficile.

— Pangloss, est-ce qu'on a le droit de les lire ? demanda Peter Pan, qui brûlait d'enfreindre la loi.

— Et comment ! Je vous les prête, mais à condition que vous fassiez très attention. Gardez-les cachés et n'éveillez aucun soupçon. Entendu ? On ne prend aucun risque.

— Croix de bois, croix de fer, jura Lazarillo en levant la main.

— Alors, dans ce cas, je vous garantis de sacrés moments de bonheur. Maintenant, si vous le voulez bien, venons-en aux choses sérieuses. Je ne vous ai pas fait venir pour rien.

— Super ! On va parler d'aventure, n'est-ce pas ? Moi, je vous préviens, je rêve de me battre avec des pirates et de leur mettre une bonne correction, déclara Peter Pan, en mimant un duel acharné.

— Pas si vite ! Nous lutterons avant tout contre Otto Dafé et ses hommes de main, mais j'espère bien que ce sera sans armes blanches, le raisonna Pangloss.

— Comment, alors ?

— De manière pacifique. Nous nous réunirons

ici pour faire revivre les livres en racontant des histoires. Nous réécrirons celles que nous aurons sélectionnées. J'ai encore cet ami de longue date, Séchard ; il est imprimeur. S'il accepte de se joindre à nous en dépit des risques encourus – ce dont je ne doute pas, car c'est l'un des hommes les plus courageux au monde –, il nous les imprimera. Il nous restera enfin à diffuser ces textes le plus largement possible. Qu'est-ce que vous pensez de ce petit projet ?

— Génial, mais je ne sais pas si nous en serons capables, soupira Lazarillo.

— Nous le serons, mais nous aurons besoin de renfort. Ce sera à vous de trouver les membres qui rejoindront notre groupe.

— Pas évident. On risque gros si on parle de tout ça, dit Rouletabille.

— Et alors ? Où est ton goût du risque ?... Combien en faut-il ? questionna Peter Pan.

— Je crois que deux chacun suffiront.

— Mais, si mes calculs sont exacts, nous cinq plus huit autres, ça fera treize, s'inquiéta Shéhérazade. Treize...

— Ne va pas me dire que tu es superstitieuse ! se désola Rouletabille. Ce sont bien des idées de fille, ça !

— Taratata ! le jeune présomptueux est de

retour, intervint Pangloss. « Chassez le naturel, il revient au galop », comme on dit. Shéhérazade a bien le droit de penser ce qu'elle veut. L'avenir nous dira si ses craintes étaient fondées, mais tenons-nous-en à ce nombre. Je n'ai qu'un conseil à vous donner : « Prudence est mère de sûreté. »

— Qu'est-ce que ça veut dire ?

— Cela veut dire que vous devez faire attention si vous voulez que tout aille bien. Mettez-vous bien en tête que vous défendez une belle et noble cause. Alors, votre choix sera crucial.

— Si vous croyez me rassurer, c'est loupé, fit Rouletabille en déglutissant bruyamment.

— Oh, oh ! s'exclama Peter Pan. Je n'ai pas vu le temps passer. Je ne m'ennuie pas en votre compagnie, mais j'ai permission de midi. J'ai intérêt à m'en aller – et vite, autrement je vais me faire tirer les oreilles.

— Allez-y, mes enfants. Je vous donne rendez-vous ici même samedi prochain sur le coup de onze heures. D'ici là, bonne lecture !

Chapitre 9

Le plaisir de la lecture et la volonté de transformer l'existence pénible imposée par Otto Dafé à tous en une expérience hors du commun partagée avec ses meilleurs amis rendaient Lazarillo incroyablement heureux. Fini l'ennui du quotidien !

Peter Pan, Rouletabille et Shéhérazade aussi se trouvaient métamorphosés. Ce changement ne passa pas inaperçu. Ils étaient tous plus rêveurs que d'habitude, s'enfermaient régulièrement dans leur chambre sans faire de bruit et se montraient un peu distraits en classe. Les éducateurs du foyer où vivait Peter Pan et certains de ses professeurs se réjouissaient de voir qu'il avait cessé d'être l'instigateur, ou du moins le complice, de tous les complots. En revanche, le principal du collège se plaignit de constater que son meilleur élève, Rouletabille, n'avait plus réponse à tout. Mais personne ne soupçonnait les idées palpitantes que les quatre enfants avaient en tête.

Le mercredi suivant, Shéhérazade décida qu'il était temps d'agir : ils avaient des responsabilités à prendre, et pas des moindres ! Comme il n'était question ni de parler de leur mission dans la cour du collège ni d'échanger de petits mots qui risquaient d'être interceptés, elle attendit de rentrer chez elle pour convoquer ses amis par son talkie-walkie.

— Sigma à Rhô, Pi, Lambda, vous me recevez ?

— Cinq sur cinq !

— Je crois que le moment est venu d'arrêter de rêvasser. C'est bien beau tout ça, mais on n'a pas avancé. Pour redescendre sur terre, rien de tel qu'une petite séance de nettoyage. Qu'est-ce que vous en dites ?

— Oh ! non ! Je me doutais que ça allait nous tomber dessus. Tu ne vas quand même pas me faire faire du ménage, alors que je fais tout pour éviter ça au foyer ! râla Peter.

— Après tout, peut-être qu'elle n'a pas tort, suggéra Lazarillo.

— Et qu'est-ce que tu fais des horribles petites

bêtes à huit pattes ? essaya de la dissuader Peter Pan.

— Voilà ce que je te propose : tu t'en chargeras pendant que je ferai les poussières.

— Comme tu es cruelle ! l'accusa ironiquement Peter.

— Je coupe. Je dois filer, chuchota Lazarillo, qui entendait Lucida l'appeler pour le repas. Rendez-vous à quinze heures au grenier.

Pangloss fut très heureux de cette visite impromptue. Toutefois, quand il en connut la raison, il s'entêta à dire qu'ils n'avaient pas de temps à perdre avec des problèmes aussi futiles que du nettoyage et qu'ils avaient sans doute mieux à faire de leur après-midi. La poussière attendait depuis des années, rien ne pressait. Il n'arriva pas à les dissuader.

Cette petite séance, loin d'être vécue comme une corvée, fut une partie de plaisir. Tous mirent du cœur à l'ouvrage : ils balayaient, aspiraient, lavaient, essuyaient, astiquaient avec entrain et au bout de deux heures redécouvrirent le grenier de Pangloss. Cette partie de la maison révélait maintenant tous ses charmes. La blancheur des murs réfléchissait la lumière provenant des vitres impeccables, et la pièce paraissait agrandie.

Le beau parquet ciré, qui à présent sentait l'encaustique, était luisant comme une patinoire. Les meubles étaient couverts de jolis bibelots en tout genre : des statuettes, des écrins, des boîtes à musique, une collection de minéraux – améthystes, émeraudes, mica – où le soleil dardant ses rayons se reflétait en une infinité de couleurs, des sculptures d'un style primitif, des boules de cristal. Autant d'objets divers rassemblés ne pouvaient qu'exciter et satisfaire l'œil des curieux. Enfin, les fauteuils placés en vis-à-vis, bien que vides, avaient l'air déjà de se causer et donnaient un avant-goût des réunions qui auraient lieu autour des livres.

Pendant ce temps, Pangloss, dans sa cuisine, rassemblait les dernières réserves de son garde-manger pour préparer une collation aux quatre courageux.

— Vous n'allez pas en croire vos yeux, Pangloss ! claironna Peter Pan en surgissant soudain de son perchoir, tout joyeux.

— Pour sûr, mon garçon, ça fait longtemps que je ne me fie plus à eux, répondit le vieil homme avec son humour habituel.

— Pardon… hésita Peter quand il se rendit compte de son indélicatesse, je veux dire que… le résultat est incroyable !

— Félicitations ! Je pense que vous avez bien mérité la petite surprise que je vous ai préparée. Après l'effort, le réconfort, ce n'est pas ce qu'on dit ?

— Des crêpes ? Mais… commença Peter, qui se rendit compte de sa nouvelle maladresse.

— Mais quoi ? Comment je les prépare, tu veux dire ? Rien de plus simple. À ton âge, j'ai appris à les faire sauter les yeux fermés, pour m'amuser. Un petit jeu que je ne regrette pas aujourd'hui. Allez, à table !

Pangloss interpella les trois amis, qui étaient encore en haut de la maison. Ils dévalèrent les escaliers.

— Hum, ça sent drôlement bon ! s'écria Lazarillo.

— Je crois ne pas me tromper en disant que c'est ton plat préféré.

— Comment vous savez ça ? s'étonna le jeune garçon.

— Oh ! tu as dû en parler une bonne demi-douzaine de fois quand nous faisions mes commissions. Ce n'est pas tombé dans l'oreille d'un sourd.

Il ne fallait rien de plus que ce goûter chaleureux pour que les quatre camarades se sentent tout à fait chez eux. Ils avaient hâte de revenir le samedi suivant. Il ne leur restait plus qu'à trouver qui seraient leurs invités.

Chapitre 10

« La plume est la langue de l'âme. Aux convaincus et aux curieux qui voudraient le découvrir, rendez-vous ce samedi à dix heures près du carrousel du parc municipal. »

Le message posté anonymement dans les boîtes des huit personnes pressenties pour rejoindre le grenier de Pangloss avait des airs de lettre de corbeau : le contenu était aussi mystérieux que les caractères découpés dans le journal par les collégiens. Il était censé susciter l'intérêt des plus téméraires et éloigner les couards.

Le samedi à 9 h 55, les quatre camarades, ponctuels, attendaient déjà, et l'optimisme proverbial de Pangloss les quittait à mesure que les secondes défilaient. Rouletabille, le premier, se décontenança :

— Ils ne viendront jamais.

— Arrête de t'affoler, c'est nous qui sommes en avance, le rassura Lazarillo, qui se devait de garder haut les cœurs, car il était l'initiateur du projet.

— Il a raison : patience, approuva Shéhérazade.

— Tiens, qu'est-ce que je te disais ! s'exclama Lazarillo, soulagé de voir quelques-uns des invités arriver, bientôt suivis des autres. Allez, on y va.

Tous les quatre sortirent du buisson derrière lequel ils s'étaient cachés pour surveiller le bon déroulement de l'opération. Les huit personnes qui se tenaient devant eux les regardèrent, étonnées. C'était donc une bande de gamins de douze ans qui les avaient fait venir jusqu'ici en leur mettant – quand même, il faut le dire – la peur au ventre ! Soulagés que ce ne soit pas un traquenard d'Otto Dafé, tous rirent de bon cœur et échangèrent étreintes et poignées de main.

— Bonjour les enfants, une sacrée bonne blague ! rit l'un d'eux.

— C'est vrai, mais d'où vous est venue cette idée farfelue ? poursuivit une vieille dame. Et pourquoi nous ? Vous aviez envie qu'on vous accompagne sur le carrousel ?

Le manège tournait à vide dans une ronde incessante. Un air de musique lancinant se répétait, qui contribuait à faire croire que ce rassemblement était une supercherie infantile. Lazarillo vint contrarier cette idée :

— Désolé que vous pensiez ça. Mais en réalité on ne compte pas vous faire perdre votre temps – ni le nôtre, d'ailleurs. Si vous vous souvenez de notre message, vous comprendrez que nous n'avons jamais été aussi sérieux. N'est-ce pas, Peter Pan ? fit-il en donnant un coup de coude dans les côtes de son ami pour qu'il cesse de sourire.

— Hum, hum ! fit la dame qui venait de parler pour s'éclaircir la voix : « La plume est la langue de l'âme. » Bien, bien. Mais qu'est-ce que cela veut dire ?

Le visage des uns s'était rembruni ; les autres esquissaient une moue dubitative.

— J'ai ma petite idée, mais… Enfin, vous voyez ce que je veux dire… C'est défendu, chuchota un homme.

— Vous voulez dire que ces quatre enfants sont au courant de… ? poursuivit la dame.

— J'imagine. Mais alors, dans ce cas, je pense qu'on ferait mieux de nous en aller si on ne veut pas avoir d'ennuis. Pourquoi vont-ils fourrer leur nez là-dedans ?

— Pourquoi ? rétorqua Lazarillo, qui sentait la

colère monter en lui. Parce qu'on en a assez d'être traités comme des imbéciles vivant dans un pays d'ignorants.

— Chut ! souffla de nouveau l'homme qui prenait ses précautions.

— Qu'on le veuille ou non, conclut la grand-mère, le regard bienveillant, il faut avouer que ce gamin a raison. J'ignore où ils sont allés chercher ça, mais ce sont les premiers à nous mettre devant nos responsabilités depuis trente ans.

— Heu... excusez-moi, mais je n'y comprends rien, moi, à tout votre charabia, intervint un garçon du collège, qui était trop jeune pour savoir de quoi il retournait exactement.

— Normal, Nemo, répliqua Lazarillo, j'étais dans ta situation il y a quelques jours encore. On t'expliquera tout, le moment venu. En attendant, je dois savoir si vous avez confiance en nous. Si tel est le cas, vous accepterez peut-être de nous suivre dans notre mission et d'œuvrer au bien du pays. Dans le cas contraire, je vous demanderais seulement de garder le silence sur ce qui s'est passé ici.

Tout le monde était bouche bée.

— Je me jette à l'eau, murmura la vieille femme, dont la voix était couverte par la ritournelle du manège. Vu que votre projet porte sur la littérature, j'ose espérer qu'il ne peut être préjudiciable. Moi-même, je n'y ai jamais vu que du bon, et si un jour j'ai eu le malheur de dire le contraire, c'était sous la menace. Je suis donc prête à savoir ce que vous voulez exactement.

Le courage de la dame âgée, dont les paupières flétries cachaient un regard vif et intelligent, se communiqua aux autres, qui sentirent une force soudaine les gagner.

— Eh bien, je pense que pour le bien de ce monde englouti je suis prêt à vous rejoindre.

— Pareil pour moi !

— Et moi aussi.

En quelques minutes, les huit invités étaient unanimement décidés à suivre l'aventure, dont ils ignoraient pourtant encore presque tout.

— Avant d'aller plus loin, il faut nous promettre que rien de ce qui se dira entre nous ne sortira de ce cercle. Ce qui est d'ailleurs préférable pour vous aussi, car les hommes d'Otto Dafé seraient sans pitié.

— Entendu ! dirent-ils en chœur.

— Dans ce cas, tous chez Pangloss ! s'écria Lazarillo.

Les convives se lancèrent un regard interrogateur. Ils auraient dû se douter que ce vieil extravagant était derrière tout cela. Qui d'autre que lui aurait eu cette folie ?

Ils avaient fait une promesse ; il était trop tard pour faire machine arrière. Et puis les plus âgés, qui avaient connu l'heure de gloire de la littérature, se dirent qu'ils ne portaient pas leurs noms en vain. Ils étaient placés sous de bons auspices. Le temps était venu de faire honneur à leurs parrains.

Chapitre 11

— Ah ! vous voilà ! J'ai bien cru que vous ne viendriez pas, lança Pangloss en ouvrant sa porte. C'est que mon coucou a sonné l'heure, mais tout vient à point à qui sait attendre. Entrez !

Tous les convives s'exécutèrent et saluèrent le vieillard, qu'ils ne connaissaient, pour la plupart, que de réputation. Ceux qui le découvrirent lui trouvèrent le visage vénérable et furent agréablement surpris.

— Oui, c'est ça, on fait comme chez nous. Pas vrai, Pangloss ? demanda Peter Pan.

À l'aise en ces lieux, il avança vers l'escalier et l'emprunta en faisant signe aux autres de le suivre.

— Exact, mon garçon ! On ne change pas les bonnes habitudes.

— On monte ! Suivez le guide ! fit Peter Pan, déjà arrivé à mi-étage.

— Prenez ma main, Pangloss, proposa Rouletabille en saisissant le bras du vieillard.

Tous deux fermèrent le cortège. Ils avançaient à leur rythme.

Enfin, ils parvinrent au troisième étage.

— Nous y sommes tous, souligna Peter Pan, jouant toujours le guide. Bienvenue dans le sanctuaire de Pangloss !

— C'est une sorte de Pays imaginaire, répliqua Pangloss, qui songeait alors au roman auquel Peter Pan devait son nom.

Il se déroulait sur une île absolument magnifique, à la végétation luxuriante et peuplée de créatures merveilleuses. Les fées, les sirènes y côtoyaient de méchants pirates, des Peaux-Rouges ainsi qu'une faune exotique.

La surprise fut grande pour tous. Le jardinet devant la maison et le capharnaüm du bas laissaient envisager le pire pour le grenier. Or une attention particulière avait été apportée à la décoration de ce lieu, qui était tout ce qu'il y a de plus accueillant. La vue imprenable sur les toits de la ville ne manqua pas non plus de les satisfaire.

Mais ce n'était encore que le début. Pendant

que tous s'extasiaient en pensant avoir la tête dans les nuages, Peter Pan et Lazarillo allèrent discrètement pousser le mur mobile pour découvrir la bibliothèque. Il n'était pas question de révéler ce stratagème.

Revenant de leur observatoire, ils furent tous ébahis par la présence de ces livres.

— Nous vous présentons la collection de Pangloss !

— Incroyable ! Surprenant ! Magnifique ! s'exclamèrent-ils.

Ce matin-là, quand ils étaient venus poussés par la curiosité, ils s'étaient attendus à tout, sauf à cela.

On décida que la lourde tâche d'expliquer la disparition des livres à Nemo incombait à Pangloss, qu'on estimait être le mieux placé. Ce dernier se mit à faire le récit du grand bûcher. Il fit revivre cet enfer ainsi que les trente ans de privations et de sacrifices qui s'ensuivirent, provoquant en ses auditeurs une profonde colère contre le régime. Au terme de cette sombre histoire, tous avaient l'air plus convaincus encore et investis d'une mission cruciale.

— Maintenant que nous sommes réunis ici pour une seule et même raison, je pense qu'il est temps que nous apprenions à nous connaître. En ce qui me concerne, ma réputation a dû parvenir jusqu'à vos oreilles. J'aimerais simplement que vous m'approchiez avec plus de bienveillance que ne le fait le reste de la ville. Vous connaissez tous au moins l'un de nos jeunes amis : Lazarillo, Shéhérazade, Peter Pan et Rouletabille.

Chacun leva la main à l'appel de son prénom. Les autres présentations s'enchaînèrent :

— Je me lance. Je suis Arthur, et voici mon épouse, Guenièvre.

Les noms de ces deux amoureux-là, comme par un heureux hasard, redonnaient vie au mythique couple royal de la littérature du Moyen Âge. Évidemment, ils n'en parlaient jamais en public, mais ils n'en étaient pas peu fiers.

— Moi, je suis de Bergerac, Cyrano. Et pour vous, je ferai rimer les mots, dit un homme à l'appendice nasal proéminent, que ses parents avaient sans doute nommé en pensant au héros du même nom, qui avait surpassé sa disgrâce physique par son intelligence.

Ils avaient dû espérer que leur fils serait doué de la même verve.

— Sinclair. Je suis avocat. Ma réputation est de vouloir toujours tenir le bon bout de la raison, n'est-ce pas, Miss ?

— Parfaitement. Je suis Miss Marple. Il paraît

que j'ai le goût de l'analyse, dit la vieille dame, qui avait déjà pris la parole à plusieurs reprises.

Elle pouvait bien se targuer d'être douée du génie policier de son modèle, l'héroïne de la fameuse romancière Agatha Christie, dont était inspiré le surnom qu'on lui avait donné il y a très longtemps.

— Shéhérazade, merci d'avoir pensé à moi, continua-t-elle. Ta grand-mère peut être fière de toi.

— Entièrement d'accord avec vous. Je suis Ali Baba, le cousin de ce petit bout de femme, qui n'a visiblement pas fini de m'étonner.

Dans la famille de ce bel homme au type oriental, c'était une tradition : tout le monde, y compris la jeune Shéhérazade, portait le nom d'un personnage des contes des *Mille et Une Nuits*.

— Je suis le docteur Jekyll. Amoureux d'expériences, je m'embarque dans celle-ci, lança un monsieur sérieux, qui, pour l'occasion, dévoilait le pseudonyme qu'il avait reçu de ses confrères chercheurs, avant que la littérature ne soit anéantie.

— Bon, je suis le dernier. Je suppose que je ne peux pas y échapper : je suis Nemo, bredouilla le garçon, qui, outre sa timidité, était encore un peu sous le coup de l'émotion après avoir entendu le récit de Pangloss.

Nemo était un véritable génie de l'informatique. Ses compétences dans ce domaine faisaient de lui un individu d'exception ; il était capable de contourner les dispositifs de sécurité de la plupart des systèmes informatiques. C'est ainsi qu'un jour, en cherchant à découvrir l'origine de son prénom pour le moins original, il avait été stoppé par la censure. Or, à force de persévérance, il avait accédé à un site littéraire aux États-Unis. Quelle surprise fut la sienne, lorsqu'il découvrit les œuvres de milliers et de milliers d'auteurs de fiction ! Il sut alors qu'il existait un certain capitaine Nemo, savant et ingénieur exceptionnellement doué inventé par le romancier Jules Verne. Il ne douta pas que ses parents, qui étaient de doux rêveurs, l'avaient nommé d'après ce scientifique imaginaire. Sa discrétion et la peur de représailles lui avaient fait garder un silence absolu sur la question. Mais, depuis lors, il lui arrivait d'explorer ces lieux interdits, surtout par curiosité, car son esprit rigoureux lui faisait préférer toute discipline technique aux délires artistiques.

— Formidable ! applaudit Pangloss. Nous allons pouvoir passer aux choses sérieuses.

— Et en quoi consistent-elles ? interrogea la curieuse Miss Marple.

— Ressusciter les livres et les partager.

— Sans vouloir vous offenser, il faudrait que nous en ayons davantage, supposa Sinclair.

— Entièrement d'accord avec vous, rétorqua Pangloss. C'est par là que nous commencerons : par accroître notre stock.

— J'ai bien une petite idée derrière la tête, commença Miss Marple. Chacun d'entre nous a bien une histoire à raconter que nous pourrions prendre en note.

— Et comment ! s'exclama Pangloss.

— Parlez pour vous, je crains que le temps ne les ait effacées de beaucoup de mémoires, déplora le docteur Jekyll. Voilà même qui pourrait être dû au traumatisme subi. Un choc, et vous oubliez tout ou presque.

Certains, désolés, acquiescèrent. Trente années de dictature et de contrôle des esprits par Otto Dafé avaient emporté tant de belles choses dans un lointain abîme.

— Par contre, une chose est sûre : avant l'autodafé, je rêvais de devenir écrivain, et, sans vouloir me vanter, je n'étais qu'un enfant, mais je ne me débrouillais somme toute pas trop mal. Alors peut-être pourrions-nous mettre notre imagination et notre plume à profit ? proposa Cyrano.

— Excellente initiative ! approuva Pangloss. Place à la créativité !

— Tout cela est bien beau, mais que ferons-nous de ces textes ? demanda l'impatient Arthur.

— Bonne question. Si nous arrivons à les faire parvenir à mon ami imprimeur, Séchard, il en fera des livres que nous pourrons alors distribuer.

— Hmm, hmm ! toussota discrètement Nemo pour se faire remarquer. Je pense que, moi aussi, j'ai une suggestion à vous faire… En matière de diffusion, Internet est probablement l'outil le plus performant. Si vous n'y voyez pas d'inconvénient, Pangloss, on pourrait également numériser tous vos livres et les partager sur la Toile. Je dois vous avouer qu'il m'est arrivé d'espionner ce qui se passe à l'étranger et que…

— Et que quoi ? le pressa Cyrano.

— Et qu'il existe des bibliothèques numériques. C'est ainsi qu'on appelle les espaces virtuels où des œuvres sont stockées.

— Alors là, petit, même si je n'ai rien compris à tout ce que tu viens de dire, je te trouve épatant, et tu as toute ma confiance. D'ailleurs, si je ne me trompe pas, on m'a installé ici même une connexion. Mes pauvres yeux ne m'ont pas permis de tester quoi que ce soit, en revanche ; donc voyez vous-mêmes.

— Ha, ha ! tu es un génie, Nemo, affirma Lazarillo, fier de sa recrue, que sa modestie fit rougir.

Il se demanda néanmoins comment le garçon avait pu garder tous ces secrets. Lui en aurait été incapable.

— Je suis content qu'on y voie un peu plus clair. Une belle aventure s'annonce, mais prudence : les hommes d'Otto Dafé risquent de nous mener une bataille féroce. À ce propos, je ne vous ai pas dit que Séchard est sous haute surveillance. Il a entrepris autrefois des actes de résistance.

— Eh bien, on dirait que nous allons devoir enfreindre une bonne dizaine de lois. Qu'on se le dise : les règles sont aussi faites pour être contournées, conclut Sinclair, qui, dans son métier d'avocat, avait l'habitude d'envisager toutes les déviations possibles de ses clients et de ses adversaires.

— Bien parlé, l'ami ! fit Pangloss. Si je ne m'abuse, il me semble que tout le monde est d'accord. Nous, les treize conjurés, nous aurons du pain sur la planche. Chacun pourra prendre la place qu'il désire occuper.

— Je crois, conclut Lazarillo, que nous pouvons nous souhaiter bonne chance.

Chapitre 12

Arriva le jour de la première réunion des treize conjurés. Ils s'organisèrent en équipes. Pangloss, Miss Marple, Guenièvre et Cyrano étaient chargés de narrer les histoires que Shéhérazade, Lazarillo, Arthur et Ali taperaient sur leurs ordinateurs portables. Les conteurs avaient tant d'idées ou de souvenirs qui leur venaient à l'esprit que les mots se bousculaient dans leur bouche. Les pages blanches se remplirent très vite de récits passionnants, que Shéhérazade agrémentait parfois de détails qui lui venaient de sa grand-mère. Cette dernière avait coutume d'endormir ses petits-enfants avec quelques légendes venant d'une de ses ancêtres qui, disait-elle, avait ainsi tenu en haleine un sultan cruel pour l'empêcher de tuer les femmes qu'il épousait. Aussi invraisemblable que tout cela puisse paraître, Shéhérazade aimait croire à cette invention sortie tout droit des contes des *Mille et Une Nuits*. C'était à cette source lointaine de l'aïeule imaginaire qu'elle puisait son courage et son insoumission. La résistance chez elle était une seconde nature.

Nemo, Jekyll, Sinclair et Rouletabille, les quatre esprits les plus méthodiques, tâchaient de remonter la filière des hommes d'Otto Dafé, afin de trouver comment échapper à la censure. Les deux premiers s'occupaient d'Internet. Les contrôles permanents exercés par le pouvoir restreignaient la navigation en empêchant notamment toute connexion aux sites étrangers. Les seules adresses consultables étaient celles homologuées par le régime : autant dire qu'elles constituaient des instruments du gouvernement. Ce dispositif de surveillance tentaculaire bannissait en particulier certains mots-clés et prévenait toute tentative de franchir le cordon sanitaire virtuel mis en place. Nemo s'intéressait depuis longtemps déjà à toutes les stratégies de contournement de l'autoritarisme qui avaient été mises en place par les Chinois en quête de liberté. Aidé de Jekyll, il essaya de maîtriser ces systèmes de communication sécurisés, les « tunnels » et « passe-muraille ».

Après de multiples tentatives, ils trouvèrent

enfin le moyen d'adresser secrètement un courrier électronique à l'imprimeur, Séchard, auquel se trouvaient joints tous les textes tapés ou numérisés par leurs camarades.

Le moment était donc venu d'envoyer une équipe chez Séchard. C'était la mission la plus périlleuse, dont Sinclair et Rouletabille élaborèrent le plan.

Il fallait quatre volontaires. Arthur, Guenièvre, Peter Pan et Ali se désignèrent. Arthur, qui avait le goût de l'aventure et voulait réaliser des prouesses, se décida immédiatement ; son épouse s'engagea à sa suite. « Est-ce que je ne t'ai pas déjà dit que je t'avais épousé pour le meilleur et pour le pire ? avait-elle ajouté. L'avenir nous dira bien assez tôt auquel des deux je me suis vouée en te suivant. »

Ali, bien que timide et discret, avait toujours rêvé de montrer de quoi il était capable. Il allait enfin sortir de l'ombre ! La compagnie de ce couple charmant était ce qu'on pouvait espérer de mieux.

La dernière place vacante fut prise par Peter Pan. Le garçon ne se posa aucune question, malgré les risques qu'il encourait s'il rentrait au foyer avec du retard. La punition que lui avaient infligée les éducateurs il y a quelques mois était loin d'être levée. Toutefois, il n'allait quand même pas cesser d'aimer la fille la plus fascinante de la terre pour si peu. Depuis qu'il l'avait surprise par sa fenêtre entrouverte, une nuit noire et muette, il allait souvent rôder près de chez elle. Il espérait qu'elle le remarque. Une fois, quand Peter Pan était revenu de son escapade nocturne, il avait glissé en remontant par la gouttière du foyer et on l'avait cueilli au rez-de-chaussée. Tant pis. Il se disait qu'en dépit du châtiment ses sorties clandestines en valaient bien la peine.

Les quatre aventuriers se mirent donc en chemin. La route était longue : un périple de quatre cents kilomètres, mais il en aurait fallu bien plus pour les décourager !

Ils roulaient déjà depuis quatre heures, et les paysages défilaient : les champs s'étaient effacés pour laisser place aux villes, qui avaient elles-mêmes laissé place aux lacs, puis aux landes. Enfin, une épaisse masse verdoyante se profila à l'horizon, splendide. Une fine pluie faisait reluire les frondaisons des arbres centenaires, robustes et colorés, et ces feuillages donnaient l'illusion d'un arc-en-ciel.

— La forêt de Brocéliande ! s'exclama Arthur. Mes amis, nous y sommes !

— Jamais vu quelque chose d'aussi beau !

s'ébahit Peter Pan, en enfant de la ville qui ne connaissait que le béton et la nature domptée des parcs municipaux.

C'était la première fois aujourd'hui qu'il voyageait.

— Tout à fait d'accord avec toi, répliqua Ali, mais la beauté peut déguiser bien des dangers.

— Comme le dit notre maître Pangloss, fit Peter Pan avec l'air de réciter une leçon, « prudence est mère de sûreté. » Pas vrai ?

Sur ces mots, Arthur stoppa la voiture à l'orée du bois. Peter Pan avait raison. Il valait mieux prendre le temps de la réflexion.

Chapitre 13

— Courage, ma reine, murmura Arthur en déposant un baiser sur le front de Guenièvre alors qu'il s'apprêtait à descendre de voiture, suivi d'Ali. Quant à toi, Peter Pan, fais attention.

— N'aie crainte. Il est entre de bonnes mains, répliqua Guenièvre.

— Ou bien l'inverse : et si c'était lui qui veillait sur toi ? Qui sait ?

Peter Pan sourit tandis que Guenièvre ébouriffait gentiment sa touffe de cheveux roux toujours en désordre. Il était heureux qu'Arthur et elle lui fassent confiance. Il ne les décevrait pas. Il regarda Arthur et Ali qui s'apprêtaient à s'engouffrer dans la forêt épaisse. À peine eurent-ils fait quelques pas qu'il ne les vit plus. C'était comme si la nature, reprenant ses droits sur les hommes, les avait dévorés.

— Allez, c'est le moment de partir, se convainquit Guenièvre.

Elle démarra le moteur et reprit la route sinueuse qui contournait le bois. Il avait été décidé que Peter et elle la suivraient pour faire diversion, car ils avaient toutes les chances de rencontrer les hommes d'Otto Dafé. La forêt de Brocéliande avait été le berceau de maints récits du Moyen Âge. Elle avait fait l'objet d'un mythe : de nombreux amoureux de romans de chevalerie venaient l'admirer, si bien que le Grand Gouverneur en avait défendu l'accès. La police y rôdait, interdisant qu'on s'y recueille comme en un lieu jugé saint. La proximité de la résidence de Séchard, chez qui Ali et Arthur se rendaient pendant ce temps, était l'autre raison de ce contrôle.

La route était mal balisée et cahoteuse ; les virages laissaient peu de visibilité. Guenièvre avançait doucement pour prévenir tous les dangers.

— Oh, oh ! Regarde là-bas. Je crois qu'on a eu raison de se séparer, dit Peter Pan en pointant du doigt trois hommes arrêtés en travers de leur passage. Ils leur faisaient signe de ralentir.

— J'ai la vague impression qu'ils ne sont pas là pour nous indiquer le chemin.

— Je pense même qu'ils vont nous mener la vie dure. On nous a bien prévenus que les axes autour de la maison de Séchard étaient surveillés, mais de là à ce que ces gros lards nous tombent dessus à plusieurs kilomètres, drôle de coïncidence. Non ?

— Le hasard a ses limites. On dirait qu'ils nous attendaient de pied ferme.

Guenièvre s'arrêta à hauteur des trois hommes. L'un d'eux colla le nez contre sa vitre et fit signe de la baisser.

— Vos papiers ! aboya-t-il.

Le bonhomme était d'une stature impressionnante, gigantesque. Une épaisse moustache noire lui couvrait la lèvre supérieure. Les pointes de celle-ci, raidies par une cire épaisse et luisante, saillaient de part et d'autre de son visage, et il les lissait d'un geste mesuré à chaque fois qu'il parlait. De temps en temps, il esquissait un petit rictus. Alors, ce sourire qui n'en était pas vraiment un se plaquait sur sa figure, lui donnant un air machiavélique qui lui seyait à merveille, car on le sentait prêt à toutes les cruautés.

L'homme était l'un de ces pirates qui avaient profité de la peur née du grand bûcher pour revenir en force. Ces pillards, tous nommés d'après les plus affreux personnages de la littérature, étaient sans foi ni loi comme leurs ancêtres imaginaires. Que faisaient-ils là à guetter l'arrivée de Guenièvre et Peter Pan ? Otto Dafé les avait appâtés : il avait promis qu'ils seraient guidés vers un précieux trésor dont ils garderaient la moitié. Ni une ni deux, ils avaient accepté le marché.

Guenièvre jeta un regard défiant en direction de l'homme qui se dressait devant elle, puis elle obtempéra. Il était préférable de se montrer coopératif avec ce genre d'individu.

— Hum, hum… Guenièvre, prononça-t-il d'une voix rauque, en prenant l'extrémité de ses moustaches entre ses doigts. Il semblait satisfait de sa trouvaille, comme si c'était ce nom-là justement qu'il s'attendait à lire.

— Est-ce que je peux reprendre la route, monsieur ? Je crois que tout est en règle.

— *En règle* ? Qu'est-ce qui vous fait dire que vous êtes *en règle* ? Qui l'établit, *la règle* ? Vous, peut-être ? Sortez de ce véhicule immédiatement !

Sans Peter Pan, qui lui donnait discrètement la main pour la rassurer, Guenièvre aurait tout à fait perdu son calme. Que leur périple s'achève à cause de ces pirates, c'était trop !

Elle descendit du véhicule ; Peter Pan l'imita.

— Est-ce que je t'ai demandé, à toi, de sortir ?

— C'est mon fils, je n'irai nulle part sans lui, mentit Guenièvre.

— Fils ou pas fils, intervint un autre homme, tout aussi impressionnant, je m'en contrefiche ! Qu'il ne bouge pas ! Le capitaine déteste les enfants.

Peter Pan remonta dans la voiture, fit signe à Guenièvre de ne pas s'inquiéter, mais il bouillait de colère contre l'infâme personnage. Qui était-il pour se croire tout permis ?

Sa question ne tarda pas à trouver une réponse.

— Ça alors, s'exclama Guenièvre, en voyant la pièce d'acier luisant que portait l'homme à la place de l'une de ses deux mains, le capitaine Crochet !

Guenièvre se souvint immédiatement d'un roman qu'elle avait lu dans son enfance. Le capitaine Crochet y avait la réputation d'être sans aucune pitié. Il faisait parler de lui, et jamais pour de louables raisons. C'est pour lui ressembler que, après avoir perdu une main dans une rixe, son « filleul » avait choisi de se faire poser un crochet en guise de prothèse. Le personnage avait bercé ses rêves infâmes de mauvais garnement ; ils étaient devenus réalité.

Peter refusait néanmoins de se laisser marcher sur les pieds. Il sauverait la mission et il défendrait Guenièvre comme il se l'était promis. Elle lui jetait un regard plein de tendresse.

— Vous, là, avancez ! hurla Crochet en poussant Guenièvre tout en la menaçant de son appendice métallique, qu'il lui promenait sous le nez. Alors comme ça on vient se promener du côté de la forêt de Brocéliande ? Je peux savoir ce qu'elle recèle de si intéressant ? Que nous vaut cette visite ?

— Je… nous… nous avions besoin de changer d'air, de nous évader de la capitale, se justifia maladroitement Guenièvre, qui n'était plus à un mensonge près.

— Évidemment : quoi de plus normal que de prendre un bol d'air à travers la forêt de Brocéliande ? À combien de kilomètres de votre domicile, à propos ?

Guenièvre restait muette. Il ne faisait aucun doute que cet homme savait tout de leur situation. Il continua :

— Je me chargerais volontiers de vous faire visiter les lieux. Enfin, si vous le voulez.

— Excellente idée, capitaine, dirent en chœur les deux sous-fifres avec un rire gras et sonore. Suivez le guide ! Ha, ha, ha !

Ils la firent marcher à côté d'eux.

La vue de ces deux gros bonshommes répugnants, dont la bouche béante à demi-édentée semblait vouloir la dévorer, effraya Guenièvre pour de bon. Qu'allaient-ils faire d'elle ? Quel sort lui réserveraient-ils ? Reverrait-elle seulement son Arthur ? Puis elle songea que pendant ce temps Ali et lui poursuivaient leur chemin vers la maison de Séchard. Ils s'approchaient un peu plus du but à chaque seconde. Elle devait se concentrer sur la mission avant tout, sans s'attarder sur ses propres sentiments. L'important n'était pas seulement qu'elle s'en sorte, mais que tous ensemble ils luttent contre la tyrannie.

— C'est qu'elle est pas bavarde, la petite dame ! reprit l'un des deux subalternes, qui la voyait égarée dans ses pensées.

— T'inquiète pas, le capitaine arrivera bien à la faire parler. Il sait se montrer persuasif, ha, ha, ha ! s'esclaffa le second en tenant son ventre proéminent, qui faisait des bonds incontrôlables.

Bientôt, Peter Pan ne distingua plus que la silhouette immense de Crochet et deux masses informes qui encadraient la fluette Guenièvre.

Il réfléchit et se dit que la ruse et le courage pouvaient faire des miracles. Il devait agir, et vite !

Une idée lui vint. Rien n'était perdu, bien au contraire. Il sortit de la voiture, claqua la portière et partit d'un pas décidé ; toute crainte l'avait miraculeusement quitté.

Chapitre 14

Arthur et Ali continuaient à marcher péniblement. Leurs jambes étaient épuisées, leurs pieds usés par les ronces jaillissant de toutes parts. Ils avaient l'étrange impression de tourner en rond dans les confins labyrinthiques de la forêt, jusqu'à ce qu'ils arrivent dans un coin couvert d'ajoncs et de bruyère.

— Viens voir ça ! cria soudain Ali en pointant du doigt une anfractuosité remplie d'eau limpide située à quelques mètres d'eux.

Ils se dirigèrent vers le fourré en contrebas.

— Incroyable ! s'ébahit Arthur. Soit je rêve, soit nous sommes en face de la fontaine de Barenton.

— La fontaine de Barenton ?

— Mais oui, on en parle dans les romans de chevalerie. On raconte qu'elle a des pouvoirs magiques. Je ne m'attendais pas à la trouver sur mon chemin.

— Des pouvoirs magiques, dis-tu ? De quel genre ?

— Eh bien, on n'a qu'à en faire l'expérience. On verra bien si ce n'est qu'un mythe. Tiens, trempe tes pieds là-dedans.

Amusé par ce défi qui les soulageait un peu de l'angoisse d'être perdus et surtout désireux de faire plaisir à son compagnon de fortune, Ali releva les jambes de son pantalon et enfonça ses pieds meurtris dans l'eau fraîche. Sa douleur fut momentanément apaisée.

— Ah ! Ça fait un bien fou ! s'écria Ali, soulagé. On dirait que je ne sens plus rien.

— Un miracle ! répondit Arthur. Les romans de Chrétien de Troyes, que je dévorais étant enfant, disaient peut-être vrai, finalement.

Il en fut plus convaincu encore quand une pluie drue s'abattit sur eux. Ali n'avait aucune envie de le contrarier. Il le laissa rêver, mais suggéra quand même de reprendre le chemin. Le ciel capricieux semblait de plus en plus tourmenté. Un grondement sourd venait de loin et résonnait dans la forêt jusque-là profondément silencieuse. Les feuilles bruissaient, agitées par le vent, et on entendait les grosses gouttes qui faisaient des clochettes d'eau en touchant le sol. L'orage menaçait d'éclater ; mieux valait-il ne pas rester sous les arbres. Ali, qui était bûcheron de métier, s'y connaissait : la forêt pouvait s'avérer dangereuse en pareille situation.

Les frondaisons commençaient de s'espacer ; une trouée de lumière succéda à l'ombre des bois. Ils parvinrent à sortir de là.

Comme l'averse avait cessé et que le ciel s'était aussitôt dégagé, ils aperçurent droit devant eux une haute demeure qui se dressait par-dessus les cimes les plus élevées.

— Je parierais que c'est la maison de Séchard ! s'écria Arthur en donnant une accolade amicale à son compagnon.

— En tout cas, ça ressemble à la description que nous en a faite Pangloss. Dépêchons-nous ! Nous devons y être avant Guenièvre et Peter.

Arrivé devant la porte après quelques minutes de marche encore, Arthur tapa vigoureusement.

— Qui est-ce ? demanda une voix lointaine.

— Ali Baba et Arthur. Les deux amis de Pangloss, répondit Arthur.

— Bien, bien, bien. Alors si ce que vous dites est vrai, je suppose que vous connaissez le mot de passe qui permet d'ouvrir cette porte.

— Le mot de passe ? Quel mot de passe ? Pangloss ne nous a rien dit…

— Certes. Sacré vieux bonhomme ! Malheureusement, dans ce cas, je ne peux rien pour vous, mes amis. À moins que…

— À moins que… quoi ?

— À moins que votre intuition et votre mémoire ne vous guident. Celle-dont-on-ne-peut-pas-parler recèle des trésors. La réponse est souvent plus évidente qu'on ne le pense, conclut l'imprimeur en refermant l'œilleton.

Ses pas résonnèrent et s'éloignèrent dans le vestibule.

— Tu parles d'un hôte ! s'indigna Arthur. Il en a, des manières ! Dire qu'on a fait des heures de route pour venir le voir !

— Ne sois pas trop sévère. Il faut le comprendre, après tout. Il se protège comme il peut. À force d'être persécuté par Otto Dafé, il doit vivre dans la peur.

Séchard était en effet l'un des ennemis jurés du Grand Gouverneur depuis qu'il avait tiré des milliers de tracts révolutionnaires juste après le grand bûcher du 21 décembre 1984. Ses sbires ne lui laissaient pas de repos : la police le surveillait sans cesse, et la censure l'avait obligé à abandonner son métier.

— Tu as raison. Seulement, comment est-ce que nous allons nous en sortir ?

— Ne nous décourageons pas. Tiens, installons-nous là, proposa Ali en s'asseyant sur le seuil, et réfléchissons à ce qu'il vient de nous dire.

Ali avait fermé les paupières. Il sondait sa mémoire et essayait de ne pas se laisser distraire par Arthur, qui faisait les cent pas nerveusement. En homme d'action, il était incapable de rester cinq minutes en place.

Soudain, Ali ouvrit grand les yeux, se redressa d'un bond et murmura :

— J'ai une idée !

— Dis-moi !

— Il s'agit d'une vieille histoire persane que ma grand-mère m'a racontée autrefois. L'autre jour, Pangloss nous a justement demandé, à Shéhérazade et à moi, si nous la connaissions. Je ne m'en rappelais plus exactement, mais elle, oui. Elle m'épate toujours : elle a une de ces mémoires ! Pangloss a insisté sur le fait que je devais écouter attentivement sans en perdre le moindre mot. Il se trouve que, dans ce récit, il y a une formule permettant d'ouvrir une caverne au trésor.

— On dirait bien que tu as trouvé la clé de l'énigme. Enfin, rassure-moi, tu t'en souviens ?

— C'est bien là le problème. C'était un nom de plante, ou quelque chose de ce genre…

— La liste est longue. On peut y passer la journée, désespéra Arthur.

— Je l'ai sur le bout de la langue. Ça commence par sé, sé...

— Séquoia ?

— Non.

— Céleri ?

— Non plus. Ah ! attends ! Ça y est, j'y suis !

Ali retourna près de la porte, frappa de nouveau et, quand il entendit les pas approcher, il articula clairement, d'une voix forte et assurée : « Sésame, ouvre-toi ! »

Aussitôt, le verrou tourna et la porte s'ouvrit.

— Bonjour, chers amis, les accueillit Séchard en leur serrant la main. J'espère que vous pardonnerez ma défiance. C'est que, par les temps qui courent, on n'est jamais sûr de rien. Alors, comme ça, vous êtes les jeunes aventuriers que Pangloss m'envoie pour sauver la littérature !

— En chair et en os, confirma Arthur.

— Vous avez du courage, poursuivit Séchard. Mais trêve de bavardages ! Je suppose que vous êtes pressés.

Il leur fit signe de le suivre. Ils traversèrent un couloir interminable, qui débouchait sur une lourde porte métallique verrouillée.

— C'est ici que je travaillais, fit-il en ouvrant. Un atelier de qualité. Quinze rotatives, trois bobineuses, trois plieuses, et je vous fais l'économie du reste de mon inventaire. J'aurais de quoi inonder le pays de livres. Vous devez mourir d'envie de voir les quelques ouvrages que je vous ai préparés.

— Quelques ? s'étonna Arthur, qui croyait repartir avec le coffre de la voiture bondé.

Maintenant qu'ils avaient pris tant de risques, s'ils devaient être arrêtés, autant que cela soit pour avoir emporté une bibliothèque entière.

— Oh ! ne prenez pas ce que je dis au pied de la lettre. On s'entend. Je félicite le génie de l'informatique qui a réussi à m'envoyer tous ces dossiers par courrier électronique. C'est une véritable prouesse technique. Je ne pensais pas qu'il était possible de contourner ces satanés programmes qui épluchent tout. Tenez, regardez-moi ça.

— C'est un véritable trésor ! s'extasia Ali.

— Oui, mais un trésor maudit qui n'a jamais été apprécié à sa juste valeur. Le livre est un bel écrin. Il doit faire resplendir le texte. C'est notre talent, à nous les imprimeurs. Cependant, depuis Gutenberg, aucun n'a eu de reconnaissance. En tout cas, vous détenez les premiers volumes que j'aie créés depuis bien longtemps. Cousus, massicotés et pelliculés hier. Je n'ai pas trop perdu la main après toutes ces années. J'espère que d'autres viendront pour réveiller les esprits de nos concitoyens de leur torpeur.

— En tout cas, vous pouvez compter sur nous.

— Comme Pangloss, c'est donc en vous que je remets mes derniers espoirs.

Chapitre 15

Peter Pan se lança à la poursuite de Guenièvre. Les sentiers sinueux allaient en tous sens ; les carrefours ouvraient sur de nombreux chemins. Il s'enfonça parmi les bouquets d'arbres. Un vrai labyrinthe : tout paraissait identique, en particulier les troncs moussus qui l'entouraient. Il regardait attentivement où il mettait les pieds pour ne pas tomber et courait aussi vite qu'il le pouvait en sautant par-dessus les souches qui montaient de la terre.

— Tiens, qu'est-ce que c'est ? se demanda-t-il.

Il se baissa pour ramasser de petites boules blanches qui n'avaient pas été souillées par la boue. Elles devaient donc être là depuis peu.

— Des bonbons ! Guenièvre, tu es géniale ! Comme dans l'histoire de Pangloss.

Il repensa au récit fait par le vieillard : celui d'un gamin que ses parents avaient voulu abandonner et qui retrouvait son chemin ainsi, en semant des cailloux.

Après quelques minutes d'une course effrénée, la voix rauque des pirates lui parvint. Ils riaient à gorge déployée, satisfaits de leur capture.

— On les a eus ! Et sans difficulté.

— Ouais, mais il faut encore trouver les autres.

Peter Pan les écoutait. Ils ne perdaient rien pour attendre. C'était à lui maintenant de montrer de quoi il était capable. Parmi les talents qu'il possédait, deux lui seraient vraiment utiles. Reste à savoir comment il les mettrait à profit. Il grimpait aux arbres avec autant d'agilité qu'un écureuil et imitait toutes les voix avec aisance.

Il s'approcha des pirates, monta à un tronc et atteignit des branches élevées pour se cacher.

— L'esprit de la forêt de Brocéliande t'appelle, Crochet. Relâche cette femme ! grogna-t-il en empruntant la voix caverneuse de l'un des hommes de main du capitaine.

Crochet s'arrêta net. Il se retourna brusquement vers ses subalternes, les dévisagea pour savoir lequel des deux se livrait à pareille supercherie.

Bien qu'il soit réputé pour être un homme cruel, Coudric, le plus effrayant des pirates –

peut-être en raison de la balafre qui s'étendait sur sa face burinée par le soleil ou de son cache-œil noir qui lui donnait l'air mauvais –, se laissa impressionner. Sa mâchoire se mit à grincer et à trembler. Crochet le tint d'emblée pour coupable.

— Tu te crois drôle, espèce de marin d'eau douce ? Il s'en faut de peu que je te passe mon crochet en travers de la gorge. Ou plutôt : que dirais-tu d'une deuxième jolie petite cicatrice au milieu de ta face de raie ? avertit Crochet.

Il le prit par le col et le souleva de terre en dépit de son imposant gabarit.

— Mais… mais… je n'y suis pour rien, capitaine, je vous le jure, bredouilla l'accusé, car il savait que Crochet n'était pas du genre à épargner qui que ce soit. Quand il faisait de telles menaces, il n'avait qu'une parole.

Ils se remirent en marche. Guenièvre observa autour d'elle ; elle était persuadée que quelque chose d'étrange se tramait. Et si Peter Pan avait réussi à manigancer un plan pour les tirer d'affaire ? Il avait peut-être suivi sa trace.

— Crochet, relâche cette femme ! Tu commets une grave erreur. Les génies de la forêt te puniront pour ton audace ! gronda Peter Pan en prenant une voix d'ours.

— Assez ! Bande d'incapables ! tonna Crochet, qui avait perdu le peu de patience qui lui restait.

Il brandit l'immense hameçon d'acier qui lui servait de main. Son regard noir lançait des éclairs, sa pupille était fixe et perçante. Il se précipita sur eux, prêt à frapper. Coudric eut tout juste le temps de parer le coup grâce à son coutelas.

Ivre de colère, Crochet sauta sur le pirate et le battit comme plâtre. La bastonnade précédait le moment où il le défigurerait une bonne fois pour toutes. Son acolyte s'y mit également. Il n'avait pas le choix, c'était la règle de se ranger du côté du capitaine, quelque injuste que sa décision puisse paraître. Mais tous deux firent tant et si bien, frappant le malheureux avec un tel acharnement, qu'ils en oublièrent Guenièvre. Peter en profita pour sortir la tête du feuillage et lui lancer les clés du véhicule.

— Cours, je te rejoins à la lisière, à hauteur de ce chêne gigantesque, murmura-t-il en désignant au loin un arbre reconnaissable par son immensité.

Guenièvre rebroussa chemin immédiatement. Elle suivit les bonbons qu'elle avait semés au long de la sente qui serpentait entre les arbres. Elle ne se retourna pas une fois, mais entendit, bien après encore, les trois infâmes personnages qui continuaient de se quereller. Elle s'en voulut de laisser

Peter Pan seul avec eux, mais c'était leur unique chance de s'en sortir. Elle devait la saisir. Elle accéléra autant qu'elle le put.

Peter, du haut de sa cachette, s'apprêtait à créer une nouvelle diversion. Il agita les branches, qui laissèrent tomber leurs fruits sur la tête de Crochet. Celui-ci regarda à gauche, à droite. Il lâcha la gorge de Coudric, qui reprit son souffle tant bien que mal et lui cria :

— Au-dessus de vous, capitaine !

Crochet leva les yeux : Peter était suspendu par les jambes à une branche.

— Qu'est-ce que tu fais là, sale gosse ? Tu ne sais pas à qui tu as affaire ?

— Tu es Crochet. Comment est-ce que je pourrais l'ignorer ? Il n'y a qu'à voir ta vilaine patte crochue.

— Tu joues avec ta vie, morveux !

— Capitaine ! capitaine ! Elle a filé. La fille s'est enfuie, hurlèrent les deux pirates d'une seule voix.

— Bons à rien, vous l'avez laissée s'échapper !

— Mais c'est vous qui…

— Abrutis, il n'y a pas de « mais » ! Allez me la chercher. Et sortez-moi ce morpion de là ! Tout de suite !

Peter leur fit une grimace et sauta à terre. Puis il

fila en courant si vite qu'il avait l'air de voler. Ses pieds semblaient ne pas toucher le sol. Il évita les obstacles et effaça ses dernières traces de pas pour brouiller les pistes. Bientôt, il fut hors de portée des trois méchants. Il était arrivé au point de rendez-vous. Guenièvre surgit en trombe pour le cueillir.

— Saute ! hurla-t-elle.

Peter attrapa la portière, l'ouvrit, se lança sur le siège passager. Ils n'entendaient plus qu'un vague mugissement provenant du cœur de la forêt.

— On n'a pas dit notre dernier mot !

— Bonjour chez vous, Crochet ! le railla Peter en guise de réponse.

Tous deux étaient sauvés. Du moins, ils pouvaient l'espérer.

Chapitre 16

Dans la demeure de Séchard, Ali et Arthur guettaient l'arrivée de Guenièvre et Peter avec impatience, postés aux fenêtres du dernier étage, qui leur offrait une vue panoramique.

L'heure tournait et ils ne pouvaient s'empêcher d'imaginer le pire. Avaient-ils eu un accident ? Les avait-on traqués ? Leur inquiétude fut dissipée quand Ali les aperçut de loin, en regardant du côté de la façade nord.

— Je crois qu'ils sont là ! annonça-t-il soudain.

— Vraiment ? J'arrive, je veux les voir.

Arthur était soulagé, mais voulait vérifier cette bonne nouvelle.

— Mes amis, ne traînez pas, recommanda Séchard. S'ils arrivent, il se peut qu'ils soient suivis. Prenez vos sacs et allez-vous-en. Je vous conseille de rejoindre la voiture par le versant ouest. J'aurais aimé rencontrer vos compagnons, mais c'est trop risqué.

— Le temps est donc venu de nous dire adieu, regretta Arthur. J'ai vraiment été ravi de faire votre connaissance.

— Faites attention à vous. Vous portez la promesse d'un monde meilleur. Ce n'est pas la moindre des responsabilités.

Les deux aventuriers hissèrent chacun trois énormes sacs de livres gonflés comme des outres sur leurs épaules.

— Nous serons prudents.

— Je ne doute pas de votre réussite.

Ils échangèrent une poignée de main chaleureuse avec l'imprimeur, qui glissa discrètement un minuscule objet dans la paume d'Arthur.

— Qu'est-ce que… ? demanda-t-il.

— Sauvez-vous à présent ! répondit Séchard en mettant l'index sur ses lèvres pour lui intimer le silence. Vous saluerez le vieux fou de la part de son plus ancien ami. Dites-lui que je suis prêt à refaire tourner les machines dès qu'il le voudra.

Ils firent un dernier signe de la main et, chargés comme des mules, regagnèrent la route par laquelle Guenièvre et Peter arrivaient enfin.

— Ma Guenièvre, où étais-tu passée ? J'ai cru que vous n'arriveriez jamais, avoua Arthur, la larme à l'œil.

D'un caractère combatif, il avait l'habitude de ne pas laisser paraître ses émotions, mais cette fois-là, il ne les réprima pas.

— Pas le temps de tout vous raconter maintenant, répliqua Guenièvre.

— Est-ce que vous avez ce que vous êtes venus chercher ? demanda Peter.

— Et comment ! répliqua Ali, en montrant son énorme bagage plein de livres. D'ailleurs, on ferait mieux de cacher ça dans le coffre et de reprendre la route.

— Ali a raison. Arthur, prends le volant. À l'heure où je vous parle, nous devons avoir trois pirates enragés à nos trousses et prêts à nous passer par la planche.

— Ouf ! soupira Peter Pan, en aidant ses camarades à ranger leur cargaison. C'est que ça pèse lourd, la littérature ! Des tonnes et des tonnes de rêves !

Tout le monde sourit en entendant cette parole.

Ils eurent à peine démarré que Séchard essuya les conséquences de son courage. On frappa à sa porte, des coups brusques assénés de manière ininterrompue.

— Perquisition, Séchard ! À l'abordage ! gronda la voix tonitruante de Crochet, ouvre tout de suite ou je défonce tout sur mon passage. Pas de quartier !

Séchard obtempéra sans faire mention de son précieux sésame qui ouvrait les portes. Inutile. Les trois pirates n'attendirent aucune invitation pour entrer dans le vestibule.

— Que me voulez-vous ? demanda Séchard. Les perquisitions sont du ressort de la police, pas du vôtre.

— La police, les gars ? *Môssieur Séchard* réclame la police ? Ha, ha, ha ! On aura tout entendu ! railla Crochet, aussitôt imité de ses acolytes.

— Nous, on vient s'occuper de ce que la police est incapable de faire : saborder ton sale taudis, grogna Coudric, qui avait l'haleine répugnante de l'homme aviné.

Le rhum l'enhardissait. Il n'avait plus aucune retenue. Il commença son inspection sur les ordres de Crochet. Il renversa les meubles, détruisit tout ce qui lui résistait, répandit le contenu de toutes les armoires à terre, vida les tiroirs. Le capitaine poursuivit le travail. De la pointe de son crochet aiguisé, il éventra les portes, déchira le papier peint des murs : telle était sa signature. Cependant, il dut se rendre à l'évidence : rien ne l'intéressait dans cette maison. Manifestement, on lui avait menti, cet homme n'était pas le richissime propriétaire dont lui avait parlé Otto Dafé et il n'y avait aucune trace du trésor qu'on lui avait promis. Il emporta quand même le portefeuille qu'il avait repéré sur une table.

— Sabordage sans pillage n'est qu'un demi-brigandage, fit Crochet en se frottant les mains. Assez ! On s'en va.

Telle était sa devise. Malgré sa colère de n'emporter qu'un maigre butin, il semblait satisfait d'avoir pu se livrer à ses méfaits. Une vengeance sur les échecs cuisants qu'il venait d'essuyer.

Heureusement, ils s'en allèrent sans avoir trouvé la pièce secrète où Séchard tenait ce qu'il avait de plus précieux.

Chapitre 17

— Alors, est-ce que vous allez enfin tout nous raconter ? lança Shéhérazade, toujours impatiente. On veut savoir ! Même Peter n'a rien lâché. Et pourtant, je peux vous dire qu'on a cherché à le soudoyer.

Cela faisait quelques jours que les quatre camarades étaient revenus de leur périple dans la forêt de Brocéliande, mais ils avaient souhaité attendre cette première réunion chez Pangloss pour narrer leur aventure.

S'ils étaient heureux d'avoir accompli cette mission avec succès, il y avait une ombre au tableau : sans doute un membre du groupe les avait-il trahis.

— Une réussite ! dit Arthur.

— Et comment ! Vous auriez été fiers de nous y voir, commenta Peter Pan, qui brûlait de donner les détails de son aventure.

— Vous avez croisé le fer ? Abattu cent hommes ? Et toi, le jeune bourreau des cœurs, tu as conté fleurette sous le balcon d'une demoiselle ? demanda Cyrano, qui rêvait d'être un fantassin passionné, comme celui dont il portait le nom, Cyrano de Bergerac, expert en combats épiques et en beaux discours amoureux.

— Rien de tout ça, pourtant notre voyage n'a pas été sans obstacle. On a été cueillis dès notre arrivée par des pirates qui, à mon avis, étaient bien informés de notre venue.

— Mais comment est-ce possible ? demanda Rouletabille, interloqué, en se tournant vers Nemo.

— Je t'assure que les fichiers que j'ai envoyés à l'imprimeur étaient indétectables, se défendit Nemo.

— Et puis, soyons logiques : comment des pirates auraient-ils pu découvrir tout cela ? lança Cyrano.

— Il faut donc envisager le pire : l'un de nous a essayé de nous doubler, et les pirates pourraient bien être à la solde d'Otto Dafé, conclut Miss Marple. Cela s'est déjà vu par le passé.

— Dans ce cas, pourquoi les hommes d'Otto Dafé ne sont pas intervenus depuis notre retour ?

— Otto Dafé est malin. Il sait attendre le moment propice pour agir. Comme on dit, « la vengeance est un plat qui se mange froid », avança Miss Marple.

L'atmosphère était tendue. Les conjurés, suspicieux, se dévisageaient avec méfiance. Pangloss, quant à lui, l'éternel optimiste, hochait la tête, ébranlé dans sa foi.

— Bon, il faut régler les problèmes un par un. La première question qui se pose est : qui de nous a rompu son serment ? continua la vieille dame sans se laisser démonter. Une chose est sûre, ce n'est pas en nous défiant du regard que nous trouverons la solution. Le coupable n'est peut-être même pas parmi nous. Sans vouloir céder à la facilité de dire que les absents ont toujours tort, vous aurez remarqué que nous ne sommes que onze aujourd'hui.

— Exact, nous devrions peut-être creuser de ce côté, continua Lazarillo.

— Que proposez-vous ? interrogea Pangloss.

— De nous rendre chez les deux absents du jour, Sinclair et le docteur Jekyll, pour leur demander des comptes, annonça la vieille détective, dont les yeux malicieux derrière ses petites lunettes rondes continuaient d'observer les visages avec attention. Des volontaires ?

— Moi, réagit immédiatement Arthur, qui comptait bien se venger du félon qui aurait pu anéantir leur quête.

— Et moi ! Je suis déterminé à les faire parler, dussé-je avoir recours aux armes, lança Cyrano, grandiloquent.

— Merci, Cyrano, nous essaierons quand même de privilégier la discussion dans un premier temps, commenta Miss Marple.

— Si vous voulez bien de moi, je serai des vôtres, se désigna enfin Rouletabille. Je tiens à m'excuser auprès de vous tous.

Ses joues, qui ressemblaient déjà à de belles pommes bien mûres, continuèrent de rougir. Il se sentait coupable, car les deux suspects étaient ceux qu'il avait invités. Il regrcttait ses choix.

— Nous saurons bientôt si nos doutes sont justifiés. Quoi qu'il arrive, mon garçon, tu n'y es pour rien. Personne ne t'en veut. Je suis certain qu'avec Miss Marple, vous formerez un duo d'enquêteurs de choc et que vous découvrirez la vérité. Quant à vous, Arthur et Cyrano, veillez sur vos compagnons. Qu'il ne leur arrive rien.

Chapitre 18

Rouletabille colla son oreille contre la porte de Sinclair.

Ce dernier habitait une petite demeure dans le centre-ville. Ses volets à double battant étaient ouverts, sa voiture stationnait devant la porte ; tout semblait indiquer sa présence, pourtant il ne répondait pas, malgré les coups assénés dans la porte par Arthur.

— Monsieur, héla-t-il un homme qui s'apprêtait à entrer dans la maison mitoyenne. Je cherche M. Sinclair. Je suis de ses amis. Il n'y a personne ?

— Tout ce que je peux vous dire, c'est que sa voiture n'a pas bougé de la semaine. Le connaissant, il a dû filer en vacances, le renseigna le voisin, dubitatif, surpris de voir cet attroupement devant la porte de celui qu'il connaissait plutôt comme un solitaire, peu habitué à recevoir de la compagnie.

Cette histoire de vacances ne convainquit aucun des camarades et leur parut même louche. Si tel était le cas, il les aurait prévenus, selon toute logique.

— Dites donc, j'ai l'impression qu'on tient notre coupable, maugréa Rouletabille, déçu.

Sinclair était le dernier individu qu'il aurait cru capable de faire cela. Lui qui semblait la droiture incarnée, la loyauté personnifiée…

— Pas si vite, petit, rectifia Miss Marple. Écoute bien : soit mes oreilles me jouent des tours, soit…

— Soit ce sont des pas. Vous avez raison ! s'exclama Rouletabille, soulagé.

— J'arrive, dit une voix à peine audible, peinant à traverser la porte.

Sinclair ouvrit, vêtu d'une robe de chambre rouge enfilée par-dessus un épais pyjama qui étoffait sa silhouette malingre.

— Ah ! c'est vous ! Bonjour, les amis. Ne me dites pas qu'on est déjà mercredi ?

— Je crains que si. C'est la raison pour laquelle nous sommes là. Nous nous demandions où vous étiez passé, commença Miss Marple, qui inspectait attentivement son interlocuteur pour y lire un quelconque signe. Mais elle ne décela que les marques de sa fatigue et de sa fièvre. Sinclair était manifestement malade.

— Je regrette sincèrement de ne pas vous avoir prévenus. Je suis dans cet état depuis trois jours. Un méchant virus. Je n'ai pas vu le temps passer. Est-ce que tout va bien au moins ? Et votre expédition, Arthur ?

— Tout va bien ! le rassura-t-il. Prenez du repos pour nous revenir en pleine forme. Nous aurons bien besoin de vous.

— Je n'y manquerai pas. A… A… Atchoum ! J'espère vous rejoindre très vite.

Sinclair referma la porte. Ses chaussons laissèrent entendre leur lent glissement sur le carrelage. Rouletabille souffla, soulagé. Son ami était donc fidèle à lui-même.

Tous les quatre, ils se remirent en route pour la maison de Jekyll.

Deux lignes de métro et dix minutes de marche plus tard, ils étaient rendus devant l'impénétrable sanctuaire du professeur, un immeuble imposant, fermé par une solide huisserie habillée d'ouvrages de ferronnerie, qui semblait tout à fait inaccessible aux intrus.

Après avoir observé la situation, Miss Marple

profita de l'entrée de la concierge, les bras chargés de paquets, pour envoyer Rouletabille dans le hall. Le garçon était le plus petit et le plus fin de tous, il pourrait se faufiler en toute discrétion et passerait inaperçu. Au signal de sa coéquipière, il courut à toutes jambes, grimpa les cinq marches du perron et parvint tout juste à s'introduire. Une fois que la dame fut rentrée, il sortit de la cachette qu'il avait trouvée derrière un pot contenant un palmier et ouvrit la porte à ses compagnons.

— Appartement 66, sixième étage, chuchota-t-il en lisant la liste des habitants de la résidence affichée sur le mur.

— Pas un instant à perdre, dit Arthur, montons. Je passe devant avec Cyrano.

L'ascenseur étant occupé par quelqu'un qui descendait, ils décidèrent de prendre les escaliers. Les murs étaient recouverts de miroirs immenses, les sols carrelés de noir et blanc, une décoration qui donnait une sensation de vertige.

Dès qu'il fut devant la porte de Jekyll, Arthur tambourina, en vain.

— Décidément. Pas de chance.

— Regardez, regardez ! hurla Rouletabille, le nez collé contre une petite lucarne qui donnait en façade. Tout est fini : il s'échappe.

C'était sans doute le docteur qui avait emprunté

l'ascenseur. Un vrai chassé-croisé ! Miss Marple retint Arthur, qui voulait le poursuivre ; Jekyll était déjà monté dans son cabriolet, avant de démarrer en trombe. Trop tard.

— Ça ne sert à rien. Patience. D'ailleurs, notre enquête progresse plus que vous ne le pensez. Qu'est-ce que tu en dis, mon petit Rouletabille ?

— Que cette fuite ne fait qu'augmenter nos soupçons.

— Mais encore ?

— Que les hommes pressés sont imprudents.

— Exactement, fit Miss Marple en désignant du doigt le paillasson qui s'était coincé sous la porte.

Elle actionna la poignée. Erreur fatale : tout était resté ouvert.

— Je vous souhaite la bienvenue chez le docteur Jekyll.

— Vous êtes vraiment incroyable, vous ! la félicita Arthur.

— C'est ce qu'on m'a déjà dit… Je vais finir par le croire, répondit-elle en rougissant.

— Mais… tout ça n'est pas très… comment dire ? hésita Rouletabille, que sa morale étouffait parfois.

— Légal ? demanda Miss Marple. Ne me dis pas que tu as peur d'enfreindre la loi dans un pays où, quoi que tu fasses, tu es déjà en passe de commettre une faute. Les mauvaises actions, à condition que leur intention soit bonne, le deviennent aussi.

— Je suppose que vous devez avoir raison, se résigna le garçon.

Ils pénétrèrent dans l'appartement, tandis que Cyrano faisait le guet sur le palier. Lorsqu'il entendit des pas dans le couloir de l'étage, il porta la main à sa ceinture : sa lame commençait à le démanger.

Deux hommes de grande taille à la corpulence imposante, qui étaient aux ordres d'Otto Dafé, surgirent, l'air enragé et revanchard :

— Qu'est-ce que tu fais là ? On ne t'a jamais dit de te mêler de tes affaires ? tonna l'un d'eux.

— C'est exactement ce que je me disais en vous voyant arriver, messieurs ! siffla Cyrano, qui ceignit alors son épée et enleva le vêtement qu'il portait sur les épaules.

Il se mit en garde, buste droit, jambes ouvertes, un genou plié. Il se voulait l'égal de son modèle, dont il récita quelques vers qu'il avait appris par cœur. Cyrano se prenait pour son personnage de prédilection. Il avait toujours rêvé de mettre à profit ses cours d'escrime, pour jouer ce rôle qui, il faut bien l'avouer, le renvoyait à une autre époque.

— « Je jette avec grâce mon feutre, / Je fais

lentement l'abandon / Du grand manteau qui me calfeutre, / Et je tire mon espadon, / Élégant comme Céladon », déclama-t-il en faisant rimer cette menace retentissante.

Les yeux malicieux du bretteur-poète se mirent à briller autant que la pointe d'acier dont il s'apprêtait à frapper. Mais les deux bonshommes, loin de s'effrayer, sortirent à leur tour deux énormes coutelas bien aiguisés qu'ils firent tournoyer en l'air et se mirent à rire. Ils trouvaient Cyrano ridicule.

— Et que dis-tu de ça ? demandèrent-ils.

— J'en dis que le combat ne se fait pas à armes égales, puisque ma fidèle compagne en vaut cent, et plus encore. Mais, puisque vous insistez, je vous ferai l'honneur de cet affrontement, continua Cyrano.

Loin d'être décontenancé, il se prenait à ce petit jeu.

Sur ces mots, il salua, avant de se lancer dans un combat endiablé où il démontra une rare agilité. Vif et ardent, il esquivait les coups, frappait d'estoc et de taille et repoussait ses deux adversaires redoutables.

Cependant, les minutes passaient ; ils voulurent en finir et décidèrent que tous les moyens se valaient. Sans le moindre souci de la déloyauté dont il allait user, l'un d'eux, dont l'air chafouin était peint sur la face, tendit la jambe et fit chuter Cyrano. Son coéquipier fondit sur lui pour le frapper à terre. Mais alors qu'il prenait son élan pour porter le coup de grâce, son bras fut retenu et il reçut un horion en pleine tête.

Cyrano, qui croyait devoir faire une ultime prière, vit tomber l'homme immense sur le crâne, assommé, et il découvrit avec soulagement la silhouette de son ami Arthur, qui était venu à la rescousse, alerté par le cinglement des lames. Cyrano se releva aussitôt. Bien décidé à ne pas se laisser transpercer le corps par le deuxième ennemi, il se précipita dans sa direction, trancha la ceinture de son pantalon, qui lui tomba sur les chevilles. Le garde envoyé par Otto Dafé, trébuchant, tomba sur son camarade. Arthur lui mit une rossée qui lui fit voir trente-six chandelles.

Les deux bonshommes étaient étendus sur le carrelage, inconscients. L'enquête pouvait continuer, mais les quatre amis l'avaient échappé belle.

Pendant ce temps, dans le bureau de Jekyll, Rouletabille avait fait une trouvaille. Il en sortit avec un petit carnet à la main.

— Je tiens peut-être l'indice le plus précieux qui soit, cria-t-il.

— Si c'est bien ce que je pense, en effet, c'est une mine d'or, confirma Miss Marple.

— Un journal intime ! s'exclama Arthur.

— Une grossière erreur de nous l'avoir laissé. On ne pouvait pas rêver mieux, dit l'enquêtrice en le feuilletant.

C'est à grand-peine qu'elle réussit à déchiffrer l'écriture presque illisible du docteur.

— Écoutez-moi ça : « Le bien et le mal se mêlent de plus en plus en moi. C'est comme si je n'étais pas un homme, mais deux à la fois. Il faut que je les sépare »… « Rien n'est tout blanc ou tout noir. Pourtant, je ne ressens plus en moi que la présence de la souffrance et du mal »… « Ce matin, j'aurais dû rejoindre ces énergumènes qui veulent sauver la littérature. Hors de question de continuer cette mascarade. Je ne suis plus le docteur Jekyll qu'ils ont invité, mais l'autre : le méchant Mister Hyde. »

— Mais il est devenu complètement fou ! s'indigna Arthur.

— Il a l'air de s'être égaré entre deux personnalités. Malheureusement pour lui et pour nous, il semblerait qu'il ait fait le mauvais choix. Nous tenons notre coupable.

Chapitre 19

Le verdict était tombé. Chez Pangloss, tous les membres du groupe en étaient bouche bée. Le moral n'était plus au beau fixe, mais il n'était pas question de baisser les bras. Arthur avait d'ailleurs de bonnes nouvelles à annoncer.

— Mes amis, Ali, Peter, Guenièvre et moi-même avons quelque chose à vous montrer. Nous ne sommes pas rentrés bredouilles de notre voyage.

—Très bien ! Mais avant d'aller plus loin, déclara Pangloss, je crois que les dernières mésaventures nous disent qu'il serait bon de prêter serment. Si vous le voulez bien, répétez après moi : « Je jure de servir loyalement la cause de la littérature, d'être fidèle envers et contre tout à mes compagnons, de ne rien leur cacher, de leur révéler toute la vérité et de mener à bien cette quête. »

D'une seule voix, les dix membres répétèrent cette même promesse avec foi.

— Bravo, les félicita le vieillard. Maintenant, je pense que nous brûlons tous d'impatience à l'idée de savoir quelle surprise vous nous avez rapportée.

Arthur et Ali déchargèrent leurs énormes sacs sur la table. Des piles de livres se dressaient devant les yeux fascinés de tous.

— Incroyable ! s'ébahit Lazarillo. Combien est-ce que vous en avez comme ça ?

— De quoi réjouir une bonne centaine de lecteurs, annonça Arthur.

— On dirait que nous touchons au but. Mon cher Arthur, j'ai moi aussi quelque chose à te remettre, fit Pangloss solennellement, en sortant un petit répertoire de sa poche. Voici pour tes courageux camarades et toi les noms des hommes et des femmes les plus passionnés de littérature que je connaisse. Des libraires de mon acabit, des bibliothécaires, des auteurs, et j'en passe… Tous dignes de confiance… du moins, je l'espère, car notre histoire nous a prouvé qu'il faut rivaliser de prudence. Ils sont éparpillés à travers le pays ; certains se sont peut-être exilés depuis les événements. Vous devrez les rechercher et tâcher de les convaincre de rallier notre cause.

— Si je comprends bien, vous nous demandez de les rencontrer et de leur montrer ces livres. Mais oseront-ils résister et faire face à la dictature d'Otto Dafé ?

— S'ils ont conservé une once de bon sens, ils doivent s'engager à nos côtés. En tout cas, le moment est venu de fédérer les énergies.

— Entièrement d'accord avec vous. Et puisque nous sommes dans les surprises, j'en ai également une à vous dévoiler, poursuivit Arthur en sortant de sa poche un objet minuscule, celui-là même que Séchard lui avait confié. Ce présent de notre ami l'imprimeur est petit par la taille, mais d'une grandeur insoupçonnée. Nemo, c'est à toi qu'il revient, tu en feras bon usage.

Taciturne comme à son habitude, Nemo prit l'objet – une clé USB – et le connecta à son ordinateur. Aussitôt, une interminable liste de dossiers apparut à l'écran.

— Qu'est-ce que c'est ? demanda Shéhérazade.

— Des livres. Les ouvrages préférés de Séchard. Il les a tous imprimés un jour durant sa collaboration avec des éditeurs. Certains ont été écrits dans l'Antiquité, d'autres au siècle dernier, répondit Arthur.

— Tout ça représente des milliers d'années ! s'étonna Lazarillo.

— Exactement ! Sacré Séchard ! Il m'épatera toujours, ajouta Pangloss.

Soudain, Nemo leva la main pour demander la parole. Sa timidité excessive l'empêchait de parler spontanément.

— Si vous n'y voyez pas d'inconvénient, je pense qu'il serait bon de mettre tous ces documents en ligne : entre les livres que nous avons numérisés, ceux que nous venons de recevoir et les histoires que vous avez écrites, il y a de quoi constituer une immense bibliothèque virtuelle. Je la rendrai accessible en utilisant le système de tunnel que j'ai découvert. Les programmes de censure n'y verront que du feu.

— Je n'ai encore une fois rien compris à tout ce que tu viens de nous expliquer, mais je te donne mon accord, dit Pangloss.

— Moi qui ne savais pas, il y a quelques semaines encore, ce qu'était une bibliothèque, voilà qu'on me parle maintenant de bibliothèque virtuelle. Sans mauvais jeu de mots, l'heure est venue de se mettre à la page, releva Peter Pan.

— Je devrais parvenir à la mettre en place sans trop de difficulté. Tout est affaire d'aiguillage : c'est comme si on détournait un train de sa voie et qu'on le faisait circuler par des passages secrets. Je compte créer un site uniquement dédié à la littérature où je déposerai tous nos documents dans une base de données. Ensuite, je ferai en sorte que tous les internautes y soient redirigés par un virus de ma composition !

Étonné de sa propre assurance, Nemo rougit.

— Splendide ! s'écria Pangloss.

— Le seul véritable problème est Jekyll. Il a étudié ce projet avec moi. S'il continue à marcher avec Otto Dafé, on est perdus. Je lui ai montré quelques-unes des techniques que j'utilise. Pas toutes, heureusement, mais il aurait de quoi nous court-circuiter.

— Visiblement, Jekyll ne sait plus où il en est. Il m'a l'air d'un homme égaré, analysa Miss Marple. Il se peut qu'il joue aussi double jeu avec Otto Dafé et avec les pirates. Vous ne trouvez pas étrange qu'on ne soit pas venus nous rendre visite depuis le retour de Brocéliande ?

— Bizarre, bizarre, en effet…

— Alors, dans ce cas, repartit Nemo, qui reprenait confiance, on devrait sous peu se mettre à parler de littérature dans le pays entier.

— Et mon amoureuse sera plus heureuse que jamais, se réjouit Peter, les yeux pétillants de joie et de malice. Je suis sûr qu'elle adorera ces histoires.

Il pensait avoir trouvé dans la littérature un moyen de la séduire. Les onze membres rirent de bon cœur. Leur plaisir et leur foi en cette mission étaient intacts.

Chapitre 20

Le samedi suivant, tôt le matin, tout le monde était déjà sur le pied de guerre dans le grenier de Pangloss.

— Jeunes gens, si je n'étais pas cette vieille carcasse centenaire et si mes yeux ne me jouaient pas ces vilains tours, je serais ravi de m'engager dans cette aventure, regretta Pangloss. Malheureusement, je ne serais d'aucun secours. Qui d'entre vous est prêt à parcourir le pays pour rallier à notre cause de nouveaux partisans ? Pour faire connaître l'œuvre que nous possédons ? Pour braver Otto Dafé ?

— Je le suis ! cria Arthur avec ferveur, en faisant mine de dégainer une épée imaginaire fichée dans un bloc de pierre, comme l'avait fait le roi légendaire. Aucun obstacle ne me fera reculer. Telle est ma destinée.

— Bien, bien, nous sommes tous assurés de ta bravoure et de ta noblesse de cœur et d'âme, mais tu ne peux partir seul, constata Pangloss.

— Nous aussi, rétorquèrent Lazarillo, Rouletabille, Shéhérazade et Peter.

Ils se levèrent d'un bond. Ils étaient à l'origine de la mission, ils voulaient la mener à bien.

— Que nenni ! Vous ne bougerez pas d'ici, mes enfants, rétorqua Pangloss. C'est bien trop dangereux pour vous. Nous avons déjà pris de grands risques en envoyant Peter Pan à Brocéliande.

— Pangloss a raison, jugea Guenièvre. Nous ne pouvons vous mettre en danger. Vous serez très utiles ici.

— Il faut que j'y aille, lança Rouletabille. Je suis en partie responsable de ce qui est arrivé à Brocéliande. C'est moi qui ai invité ce traître de Jekyll.

— Tu n'y es pour rien, le rassura Lazarillo.

— Exact ! Et je me souviens d'un jeune garçon présomptueux qui a beaucoup appris déjà, fit Pangloss. Nous pouvons être très fiers de toi.

— Dans ce cas, j'irai aux côtés d'Arthur ! s'exclama Cyrano. J'ai du *flair* et un *nez* qui n'a pas son pareil.

Sa déclaration provoqua un éclat de rire spontané.

Affublé d'un nez proéminent, il avait toujours paré aux éventuelles moqueries en exerçant son humour, l'une de ses armes favorites, qu'il maniait avec autant d'agilité et de talent que le fleuret, comme son héros.

— Moi aussi. On a toujours besoin d'une grand-mère pour calmer les ardeurs d'une jeunesse fougueuse, commenta Miss Marple.

Elle voulait défier la renommée de détective en fauteuil de celle dont elle tenait ce surnom et aller sur le terrain.

— Avec joie, mamie Marple, plaisanta Arthur. Nous serons sages et nous essaierons de ne pas vous donner trop de fil à retordre.

— Ne vous inquiétez pas pour moi : je ne suis pas du genre à me laisser marcher sur les pieds.

— Je serai des vôtres aussi, intervint Sinclair. Je compte bien rattraper le retard que j'ai pris.

— Notre équipe est donc au complet ! conclut Pangloss. Nous autres, nous resterons au grenier pour organiser notre offensive. Le bûcher qui nous a plongés dans la peur et l'obscurantisme a eu lieu le jour même de l'arrivée de l'hiver, il est juste que le pays se réveille de cette torpeur pour le début du printemps. Qu'en dites-vous ?

— Une sorte de renaissance, rêva à voix haute Shéhérazade.

— J'espère que nous serons nombreux à l'accueillir, continua Pangloss.

— Une dernière chose, hasarda Lazarillo : est-ce qu'on n'oublie pas mon oncle Don Quichotte dans tout ça ?

— J'allais y venir. Don Quichotte nous a rappelés à nos devoirs envers la littérature, il devra être avec nous le moment venu. Seulement, trouver le chevalier errant ne sera pas une mince affaire. Enfin, ne désespérons pas ! Chers amis, la séance est levée. Bonne chance à vous qui prenez la route. Nous nous retrouverons tous pour le grand rassemblement. Samedi prochain, dix heures.

Miss Marple, Sinclair, Arthur et Cyrano firent leurs adieux au groupe et prirent avec eux le répertoire de Pangloss. Pourvu que toutes ces personnes à contacter n'aient pas oublié le vieillard ! Otto Dafé avait transformé tellement de gens en automates. Y en aurait-il encore qui seraient prêts à les suivre ?

Les livres de Séchard étaient bien dissimulés dans le coffre sous un double fond. C'est avec eux qu'ils prêcheraient la bonne parole. Il n'y avait plus de temps à perdre. Le compte à rebours était lancé. C'était une aube belle et claire, qui annonçait un printemps doux et clément.

Chapitre 21

À l'aide d'un logiciel, Nemo traduisit le message que Lazarillo avait composé pour retrouver son oncle en Espagne. « Nous recherchons le chevalier errant Don Quichotte de la Manche, parcourant la péninsule Ibérique à bord de sa Rossinante » (Rossinante était le nom que Don Quichotte avait donné à sa voiture, d'après le cheval de son héros) était devenu *« Buscamos a Don Quijote, un caballero andante conduciendo por la Peninsula Iberica a bordo de su Rossinante. »* Il trouva cette phrase chantante et mélodieuse entre toutes : comme tous les enfants nés après le grand bûcher, il n'avait que rarement eu l'occasion de lire des mots étrangers et jamais pu apprendre d'autre langue que la sienne. C'était contraire à la loi.

En quelques clics, le petit génie de l'informatique parvint à contourner les surveillances de la Toile. Ensuite, sur les réseaux sociaux, il submergea tous les adeptes de réunions virtuelles de son interpellation au héros de cette aventure. En Catalogne, en Aragon, en Andalousie, en Galice, en Castille, dans les Asturies et partout ailleurs : personne n'y échappa. Quiconque aurait croisé un jour sur son chemin cet individu hors du commun le reconnaîtrait. Il était homme à ne pas se faire oublier.

— Je crois que tout est bon, dit Nemo avec son calme habituel. L'avis de recherche est lancé, ainsi que l'appel au rassemblement sur la Grand-Place de la capitale. Demain, à minuit, tous les internautes trouveront mon message. En ce qui concerne le site où seront hébergés les livres, il sera bientôt finalisé.

— Incroyable ! répliquèrent en chœur ses camarades.

— Je n'ai plus qu'à transférer les derniers fichiers et tous les livres que nous avons en notre possession seront accessibles par tous nos concitoyens et au-delà des frontières.

— Il n'y a plus qu'à attendre le jour J, commenta l'impatiente Shéhérazade.

— Très exactement trois jours, trois heures, trente-deux minutes et trois, deux, une seconde !

— Ce gars est un as ! fit Peter Pan, devant la mine ahurie des autres membres.

En quelques minutes à peine, la vie des illustres Barbe Bleue, Roméo et Juliette, Dracula, Frankenstein se répandit comme une traînée de poudre.

Bientôt, les internautes furent mis au courant par millions : au lieu de trouver leurs pages filtrées par la censure et leurs écrans envahis par un portrait d'Otto Dafé, ils furent acheminés vers un site haut en couleur leur proposant de déguster les histoires de leur choix. Les uns firent mine de les ignorer, car ils ne voulaient pas avoir de démêlés avec les hommes d'Otto Dafé ; les autres s'en délectèrent sans délai. Les jours suivants, le nom du site *Litt'opie* était dans toutes les têtes sans qu'aucune bouche n'ose encore le prononcer à voix haute. Personne n'y resta indifférent.

Personne, et surtout pas Otto Dafé. Lui qui pensait que ce « problème » avait été réglé une bonne fois pour toutes… Il avait quand même fait appel à Crochet ! C'était sans doute l'homme le plus malhonnête de la terre, mais, pour ce genre de mission, on ne pouvait pas rêver mieux. D'ailleurs, le dictateur n'avait pas dit précisément ce qu'il devait faire des comploteurs, il lui avait laissé carte blanche. Quelques jours plus tard, Crochet avait juré que le travail était fait et qu'on n'aurait plus à s'inquiéter de cette bande de morveux. En disant cela, il avait regardé Otto Dafé droit dans les yeux, puis il avait empoché le pactole. Une somme rondelette, mais qui n'effaçait pas la mauvaise surprise que le pirate avait eue en découvrant que Séchard ne détenait pas de trésor. Pour cela, il en voulait à Otto Dafé, et pour cela, il ne dit pas qu'il avait laissé filer aussi facilement les quatre aventuriers.

Le soir qui précéda le grand rassemblement – quatorze heures, douze minutes et dix secondes auparavant –, Pangloss savourait ce qu'il voyait déjà comme la victoire de sa vie. Seul dans son rocking-chair, il se balançait tranquillement, l'un de ses chats blotti tout contre lui. Il lui caressait le derrière des oreilles et le matou ronronnait d'aise. Ce vibrato du félin était en train d'endormir le maître au moment où on tapa à la porte.

— Tiens, de la visite, fit-il, persuadé de trouver une présence amicale, car, depuis que le groupe s'était formé, il n'était plus le vieillard parfaitement esseulé de naguère.

Il ouvrit sans défiance.

— Qui va là ?

Le visiteur, muet, était déjà entré. Il le frôla et manqua même de le faire tomber au passage. Pangloss n'entendit que le bruit des pas de l'importun qui s'apprêtait à s'emparer des lieux.

Soudain, sa voix rauque au timbre métallique résonna :

— Malivole. Commissaire Malivole. Ne cherche pas, tu ne m'as jamais vu, tu ne me connais pas. Qu'est-ce que tu veux : moi, je ne fricote pas avec les gens comme toi.

Pangloss eut une moue de dégoût en essayant– comme il le faisait toujours – de se représenter le visage de cet inconnu. Il l'imaginait avec une horrible face aux traits grossiers, ce qui n'était somme toute pas si éloigné de la réalité.

Le bonhomme revint près de lui, sortit un papier de sa redingote noire et le déplia avant de le lui mettre sous le nez.

— Ça vous dit quelque chose ?

— Non, monsieur, absolument rien. Et pour cause, je ne suis qu'un pauvre aveugle.

Le policier scruta son visage avec attention. Le vieux ne mentait pas : son regard fixe était embué et vague.

— Un châtiment que vous n'avez que trop cherché, grogna-t-il. Des yeux usés par la lecture, des yeux usés par le vice, par la corruption.

— Dans ce cas, j'estime que certains maux valent la peine d'être endurés. S'il m'était donné d'avoir une seconde vie, j'en ferais la même chose.

— Et ça, ça vous dit quelque chose : « Article 2 de

la loi sur le bannissement de la littérature. I. La littérature, ennemie du pouvoir, est formellement interdite sous quelque forme qu'elle puisse se trouver. II. Tout ouvrage de fiction, d'histoire ou de philosophie sera détruit. III. Toute personne trouvée en possession desdits ouvrages sera sévèrement punie. » Nul n'est censé ignorer la loi en ce pays.

— Je connais la loi.

— Vous la bafouez.

— Je la foule aux pieds. Je suis un hors-la-loi et fier de l'être.

— Tu te crois plus fort à cause de ceux que tu penses être tes amis ? La littérature n'a jamais été qu'un lieu d'isolement. Une forêt obscure et noire dans laquelle vous tous, espèces de vauriens, vous êtes égarés. Maintenant, pousse-toi. Je te conseille de ne pas te mettre en travers de mon chemin.

— Un mandat de perquisition à me présenter, peut-être ? Du moins, c'est ce que prévoit la loi.

— Un hors-la-loi qui me demande des comptes, on aura tout vu. Ne me dis pas que tu as quelque chose à me cacher. Dégage de mon chemin !

— Ma maison est toujours ouverte à tous les hommes. Cela dit, puisque vous avez vendu votre âme au diable, je ne suis pas certain de devoir vous compter parmi eux.

Sur ces mots, Pangloss se rassit paisiblement dans

son fauteuil. Son petit chat lui sauta sur les genoux. Il posa la main sur le ventre de l'animal pour sentir son corps chaud et rassurant. Malivole monta les escaliers et mit la maison sens dessus dessous, mais il revint au bout de quelques minutes à peine, enragé.

— Comment est-ce que tu as fait, espèce de vieux sorcier ?

Rien. Aucune trace d'activité clandestine ni d'un quelconque livre, ni même du passage secret décrit par Jekyll. Le docteur aurait-il menti ? Après tout, il fallait bien dire qu'il était louche.

— Avoue, vieil homme !

— Je veux bien. Mais avouer quoi, commissaire ?

Pangloss savait pertinemment qu'il n'y avait aucun danger. À l'exception de Lazarillo, Peter, Rouletabille et Shéhérazade, aucun des membres du groupe ne savait comment ouvrir la trappe secrète qui menait au grenier.

— Si tu me mens, je vous aurai, tes amis et toi. Tu me reverras d'ici peu. Habitue-toi à ma présence.

Malivole franchit le seuil et claqua la porte derrière lui. Pangloss respira profondément. Pour la première fois de sa vie, il sentit ses forces le quitter. Peut-être n'était-il plus en état d'endurer cette pression. Il n'avait qu'un espoir : que la mission s'accomplisse le lendemain.

— Autrement… se dit-il, autrement, je devrai me retirer de la partie.

Tandis qu'il songeait à cela, une larme se mit à couler le long de sa joue flétrie.

Chapitre 22

— Mon chéri, tu ne devineras jamais ce qui arrive ! se réjouit Lucida.

Au moment même où Pangloss recevait la visite inopportune de Malivole, Lazarillo était de retour chez sa tante.

— À voir ta mine : une bonne nouvelle, je suppose, répliqua le garçon, plein d'enthousiasme.

— Mieux que ça ! À l'heure où je te parle, Don Quichotte est en route et demain, à cette heure-ci, il sera parmi nous. Je n'arrive pas à y croire. Attends, je te lis le début de sa lettre : « Le chevalier Don Quichotte de la Manche à bord de Rossinante vient livrer bataille et défendre une noble cause. » C'est un peu mystérieux : du Don Quichotte tout craché. Le plus incroyable, c'est que le message est arrivé intact. Pas de censure. De la part de Don Quichotte, c'est pourtant une sacrée provocation.

Le visage de Lazarillo s'assombrit. Tout cela était pour le moins étrange. Cette fausse indulgence en disait long : les hommes d'Otto Dafé l'attendraient de pied ferme. Ils voulaient piéger cet agitateur venu insuffler le vent de liberté qu'il avait respiré en Espagne pendant toutes ces années. Ces derniers jours, celui qui se prenait pour le chevalier errant était devenu un véritable héros. Son nom se répétait partout, et en particulier sur Internet.

Néanmoins, Lazarillo fit mine de tout ignorer :

— Et comment est-ce que cette idée lui est venue ?

— D'après ce qu'il écrit dans sa lettre, c'est une longue histoire. Son fidèle compagnon, qu'il nomme, d'après le roman de Cervantès, son valet, Sancho Panza (tu sais bien, Don Quichotte et ses rêves de grandeur !), est tombé sur un avis de recherche sur Internet destiné à retrouver « le chevalier errant ». Il a tout de suite deviné qu'il s'agissait de lui. Après avoir fait quelques recherches, il a compris que la quête dans laquelle on voulait l'engager aurait lieu de l'autre côté de la frontière, ce samedi à dix heures sur la Grand-Place de la capitale. Entendant cela, Don Quichotte a naturellement voulu relever le défi pour le bien de son pays.

— Une quête, dis-tu ? Quelle quête ? demanda Lazarillo avec un demi-sourire qu'il ne parvint pas à contenir.

— Je n'en sais pas plus que toi. Mais reste en dehors de tout ça, veux-tu ?

— Est-ce que je vais au moins pouvoir profiter de mon oncle, que je n'ai jamais vu ?

— Oui, bien sûr. Malheureusement, je ne sais pas combien de temps il restera parmi nous.

— Oh ! tante Lucida, il faut jouir du moment présent, philosopha Lazarillo. Mais pourquoi tu as l'air si préoccupée alors que tu étais si heureuse ?

— Mon chéri, l'objet de sa venue n'est pas anodin. Je pense que le moment est venu de te parler de quelque chose de primordial. Tu m'en voudrais de t'avoir caché la vérité. Don Quichotte vient accomplir un acte grand et noble. Installons-nous là à deux pour en discuter.

Elle prit une profonde inspiration et poursuivit :

— Ce que je m'apprête à te dire est un secret extrêmement précieux qui doit à tout prix demeurer entre toi et moi. Est-ce que tu m'entends ? Entre toi et moi, et personne d'autre.

— Pas même Peter Pan ?

— Pas même Peter Pan.

— Tu as ma parole d'honneur, promit Lazarillo en posant la main sur le cœur.

— Tiens, lis ça, dit tante Lucida en lui tendant une feuille de papier jauni.

— *L'Ingénieux Hidalgo Don Quichotte de la Manche.* Magnifique ! Tu as réussi à sauver… Heu… je veux dire… bégaya Lazarillo, qui en se laissant aller à son enthousiasme révélait aussi qu'il savait quelque chose à propos du grand bûcher.

Tante Lucida le dévisagea. Il rougit.

— Ne me dis pas que tu es au courant de…

— De ce qui s'est passé le fameux jour de l'hiver 1984 ? Si.

— Mais comment ? Depuis quand ? Qui te l'a dit ? Tu es trop jeune pour…

— Et on n'est pas trop jeunes pour endurer la dictature d'Otto Dafé ? Ça ne pouvait pas continuer ainsi. Par contre, moi aussi, j'ai un secret. Je ne peux pas tout te dire. J'ai prêté serment et je veux être loyal.

Lucida connaissait son filleul pour lui avoir inculqué ses propres principes, elle savait qu'il ne dirait rien.

— En tout cas, mon chéri, sache que, si je ne t'ai rien dit, c'est simplement que cet événement m'a fait perdre ce que j'avais de plus cher au monde : mon frère, qui n'a pas supporté ce régime, ta maman qui n'a pas supporté sa mort, Don Quichotte qui s'est enfui, et ma seule passion, la littérature. Voir les livres se consumer sous mes yeux a été une terrible épreuve : toute mon existence est partie en fumée aussi. Je n'avais aucune envie de te perdre en plus. Tu es tout ce qu'il me reste.

Elle scruta Lazarillo. Ce petit n'était décidément pas comme les autres. Elle avait toutes les raisons d'être fière de lui.

— Et cette page de *L'Ingénieux Hidalgo Don Quichotte de la Manche*, tante Lucida, comment l'as-tu eue ?

— Je l'ai prise le jour du bûcher. Elle s'est envolée et est restée intacte, preuve que les héros ne périssent jamais. Et voilà notre Don Quichotte qui revient parmi nous, enfin, après plus de trente ans.

La page de ce livre, comme une relique, portait à elle seule un pan entier de l'histoire de leur famille. À la veille de ce printemps qui mettrait peut-être fin à un long hiver, Lazarillo rêvait d'accomplir la destinée des siens et des millions d'individus qui avaient ployé sous le poids de la dictature.

Chapitre 23

Le printemps promettait d'être beau et doux. En ville, en bordure des rues et dans les parcs, les arbres étaient en fleurs et les oiseaux gazouillaient. La nature sortait d'un long engourdissement et resplendissait, annonciatrice de joie et de bonne humeur.

Pangloss se leva de bon matin. Il ouvrit fenêtres et volets pour respirer l'air frais à pleins poumons. Ses narines en frétillèrent de bonheur.

Comme chaque samedi, Lazarillo partit tôt, mais cette fois ce n'était pas pour travailler, même si, avec l'arrivée de la belle saison, il y avait de quoi faire. Il prit la direction de la demeure de Pangloss. Il tenait à l'emmener.

Sur le trajet, il se prit à rêver. Il imaginait

l'agitation des esprits qui commençait à sourdre, la résistance clandestine qui s'organisait. Il songea que les livres de Séchard s'échangeaient sous le manteau, qu'ils passaient de main en main, que l'on faisait des graffitis sur les murs exaltant la liberté ou réclamant la chute d'Otto Dafé, qu'on chuchotait partout le nom du héros Don Quichotte. Et ce faisant, Lazarillo découvrait l'Histoire.

Toutefois, quand il arriva devant la porte du vieillard, il fut forcé de redescendre sur terre : elle était couverte d'affiches. Des centaines de placards collés les uns à côté des autres, et parfois même superposés, dénonçaient Pangloss comme la tête d'un complot ourdi contre le Grand Gouverneur et, de fait, contre tout le pays.

Lazarillo, bouleversé par cet avilissement public, frappa au heurtoir.

— Bonjour, Pangloss ! Alors, prêt pour le grand jour ? demanda-t-il.

Il avait décidé de ne pas l'attrister avec cette attaque abominable.

— Eh bien, mon petit, est-ce que tu n'as vraiment rien de mieux à faire que de rendre visite à un vieillard bientôt sénile quand tu vas vivre le jour le plus important de ta vie ?

— Disons que j'ai une grande nouvelle à vous annoncer : Don Quichotte a répondu à notre appel. À l'heure où je vous parle, il est en chemin. Ou plutôt, il doit être arrivé en ville. Tante Lucida m'a lu sa lettre : il vient défendre une noble cause.

— Formidable ! Bravo ! cria Pangloss, mais sa voix était un peu étouffée.

— Pangloss, vous êtes sûr que tout va bien ?

— Oui, évidemment, mon garçon.

— Bon, alors, dans ce cas, habillez-vous et nous y allons.

— Non, petit, pas aujourd'hui. Tu te débrouilleras sans moi, et tu le feras très bien. Je serais un fardeau, vous n'en avez pas besoin. Je penserai fort à toi.

Lazarillo regarda Pangloss, les yeux pleins de larmes. Il lui devait tout. Il aurait tellement aimé qu'il voie cette mission accomplie – sa mission. Les cheveux du vieil homme lui parurent plus blancs, son dos plus voûté, son visage plus ridé et ses membres plus décharnés.

Pangloss, quant à lui, songeait à ces dernières semaines : que de moments inoubliables ! Il aimait ce garçon avec tendresse. Il le prit dans ses bras pour la première fois. Cette étreinte lui était si douce, et il se sentait si affaibli depuis la visite de Malivole. Il caressa les cheveux de son jeune ami, le seul enfant qu'il ait jamais eu.

— Allez, ne perds pas de temps, petit ! Va-t'en ! Accomplis ton devoir. Fais-le pour moi et fais-le pour tous ceux que tu aimes, pour leur rendre leur liberté. J'ai toujours su que tu y arriverais. Tu as parcouru un sacré bout de chemin, et m'est avis que tu iras encore loin. File, maintenant. Et ne te retourne pas.

— J'y vais, Pangloss. Je vous promets qu'on remportera cette victoire. Dès qu'on en aura fini, je reviendrai à vous.

Il s'en alla et, quand il fut sur le point de sortir, se retourna.

— Pangloss, je voulais vous dire que vous êtes… enfin, non, rien d'important. À tout à l'heure.

Lazarillo n'osa pas aller jusqu'au bout. Pangloss faisait partie de sa famille, c'était évident, mais les mots dans certains cas sont vains. L'un et l'autre le savaient. Ils s'en tinrent à ces adieux émouvants.

Chapitre 24

Lazarillo n'était qu'à quelques encablures de métro de la Grand-Place de la capitale. Il restait moins d'une heure avant le grand rassemblement. À la sortie des souterrains, Shéhérazade, Peter et Rouletabille l'attendaient avec impatience.

— Alors, où étais-tu passé ? demanda Shéhérazade en tapotant du doigt le cadran de sa montre.

— Désolé, les amis, quelque chose d'important à régler avant de venir.

— Encore des cachotteries ! Enfin, pas de temps à perdre. On te pardonne.

— Vous êtes passés au terrain de foot avant de venir ici ? Est-ce qu'on peut compter sur quelques copains en renfort ?

— Tu parles ! Un échec, s'agaça Rouletabille. Ils n'en ont rien à faire.

— Remarque, ce n'est pas étonnant. À quoi bon s'engager dans une cause qui ne les concerne pas ? Il n'y avait que vous avec votre petit grain de folie pour prendre ce risque.

— Oh ! tu sais que je ne peux rien te refuser, répliqua Peter Pan, qui était de très bonne humeur.

Aux abords de la Grand-Place, les rues étaient animées comme chaque samedi matin, et rien ne laissait présumer qu'un événement allait avoir lieu.

— Tout est incroyablement normal, vous ne trouvez pas ? se désola Shéhérazade.

— Ne sois pas négative ! Il est encore trop tôt pour en juger. Attendons un peu, essaya de la rassurer Lazarillo.

— Eux, par contre, ils n'ont pas perdu de temps, lança Peter en désignant des groupes d'hommes en noir qui rôdaient dans les parages.

Ils tapaient du talon sur les pavés ; le bruit de leurs lourdes bottes donnait l'impression d'une horde de chevaux enragés. Parmi ces individus lugubres, l'un semblait l'être plus encore que les autres : il portait un manteau noir ; le visage tordu par un horrible rictus diabolique, il scrutait toutes les personnes qui passaient.

— Regarde-le, celui-là, dit Peter avec un frisson qui lui monta dans le dos, il a l'air pire que tous les autres réunis.

L'homme en redingote noire n'était autre que Malivole. Été comme hiver, il portait cet uniforme qui en imposait à tous, car il était le véritable chef de la police du Grand Gouverneur.

Les quatre camarades arrivaient enfin sur la place. Elle était pleine de ces costumes noirs, postés à tous les coins, en rangs serrés. À leur ceinture pendait un pistolet luisant, sur lequel ils promenaient la main. La gâchette les chatouillait, ils étaient prêts à tirer.

— Ho, ho ! fit soudain Peter. Ces têtes-là ne me sont pas inconnues.

Il enfonça sa casquette en espérant passer inaperçu aux yeux de ceux qui constituaient l'équipage de Crochet.

— Qui est-ce ? demanda Lazarillo.

— Les pirates que j'ai croisés avec Guenièvre. S'ils me voient là, je ne donne pas cher de ma peau…

L'effectif était au complet. Ce n'étaient pas seulement Coudric et son acolyte, mais tous les pirates sous les ordres de Crochet, dont le féroce quartier-maître surnommé Long John Silver, parce qu'un accident l'avait rendu boiteux comme le personnage du roman, qui avait une jambe de bois. Il était aisément reconnaissable à son fidèle compagnon à plumes, perché sur son épaule. Son perroquet, le Captain Flint, avait la manie de répéter sans cesse de sa voix nasillarde le code de piraterie que lui avait fait apprendre par cœur son maître.

— Gloups ! fit Rouletabille, ils n'ont pas l'air très rassurants. J'espère qu'on aura un peu de renfort, sinon je crains qu'entre un dictateur et ces bandits on ne fasse pas le poids.

Soudain, quelques instants avant l'heure, le moteur assourdissant d'une vieille carcasse de voiture se fit entendre. L'engin arriva sur la place et stoppa. La portière s'ouvrit et un homme en sortit, qui semblait avoir été transporté d'une autre époque. Quoique de taille et de corpulence moyennes, il ne pouvait passer inaperçu en raison de son accoutrement. Il portait les cheveux ébouriffés sous un casque rond, des moustaches longues saillant de part et d'autre de son visage, une barbe taillée en pointe, un plastron enfilé sur une cotte de mailles et une armure sur les tibias. Aucun doute : c'était Don Quichotte en personne, costumé en héros. Sur le pavé, il fit une pile des livres qu'il avait apportés.

— Je me présente : sieur Don Quichotte de la

Manche. Voici ma tour de Babel, la citadelle que je défends, cria-t-il pour être entendu de tous les gens qui se rassemblaient autour de lui, intrigués par son habit.

Ce fut Long John qui fondit sur lui, tout en claudiquant sur une béquille :

— Serait-ce l'illuminé venu de la péninsule Ibérique ? se moqua-t-il, et son rire sonore fut répété par le bavard volatile. Est-ce que c'est pour cet énergumène-là que la ville est sens dessus dessous ? C'est une blague !

— Une blague dont vous êtes l'un des responsables, reprocha Malivole, qui trouvait que le gouverneur s'entourait bien mal. On vous a servi la tête de ses acolytes sur un plateau, à Brocéliande, et vous n'avez même pas été fichus de leur régler leur compte. L'appât du gain, toujours l'appât du gain… Mais alors, accomplir une mission, non ! J'avais bien dit à Otto Dafé qu'on ne pouvait pas compter sur une bande de pirates. Des alliés ? Mon œil, des incapables ! Vous avez empoché l'argent qu'on vous avait promis et vous vous êtes volatilisés. Des voleurs, voilà ce que vous êtes ! Pire, des traîtres ! Si vous nous aviez débarrassés de cette mauvaise troupe, rien de tout cela ne serait arrivé. Et si le sale môme qui a réussi à contourner nos sécurités informatiques n'était plus de ce monde ou s'il croupissait dans un cachot, ce fou serait resté loin de nous. Une honte, je vous dis !

Long John Silver ne broncha pas. Il attendait le signal du capitaine pour sauter à la gorge de ce sale donneur de leçons. Il l'aurait volontiers étripé. Quel culot ! Oser les accuser alors qu'Otto Dafé leur avait menti !

— D'après ce que je puis voir, l'énergumène dont vous parlez ne sera pas seul. Tant s'en faut, lança Don Quichotte en pointant son index en avant.

Les deux hommes se retournèrent. Une marée humaine déferlait d'une rue adjacente. En tête de ce cortège, Arthur, suivi de Cyrano, avançait d'un pas assuré, celui du conquérant qui ne recule devant rien et marche vers la victoire. Derrière eux se trouvait une foule qu'ils avaient ralliée à leur cause au cours de leur périple : les écrivains, les bibliothécaires et les libraires qui s'étaient souvenus de Pangloss, et d'autres qui avaient rejoint le projet *Litt'opie*. Miss Marple et Sinclair, qui avaient eux aussi joué un rôle important dans cette aventure, pour la diplomatie dont ils avaient fait preuve, fermaient la marche. Tous ensemble scandaient comme un seul homme le slogan qu'ils avaient préparé : « Non à la censure ! Vive la littérature ! »

C'était désormais chez les hommes d'Otto Dafé que la crainte s'installait, car ils n'avaient plus l'avantage de la supériorité numérique. De toutes parts, encore et encore, survenaient des partisans de Don Quichotte, le poing levé, criant à tue-tête, qui voulaient porter en triomphe leur héros. Pour la première fois depuis bien longtemps, tous ceux qui avaient aimé l'action dans les livres quittèrent leur fauteuil pour descendre dans la rue.

Lazarillo, Peter, Rouletabille et Shéhérazade n'en croyaient pas leurs yeux. Ils se précipitèrent vers les autres membres du groupe, qui avaient déjà regagné le défilé, et ils joignirent leur voix à la clameur générale :

— Hourra pour Arthur ! Hourra pour Don Quichotte !

— C'est elle ! Celle qui nous a filé entre les doigts ! Attrapez-la ! hurla soudain le capitaine Crochet à la vue de Guenièvre.

Non, il n'avait pas oublié ce visage. Il le reconnaîtrait entre mille. Elle ne leur échapperait pas une seconde fois. C'était sa réputation qui était en jeu.

— Qu'y a-t-il, capitaine, dit Arthur surgissant après avoir fendu la foule, la pêche n'a pas été bonne ?

La face de Crochet s'empourpra. Il brandit la

pointe de son arme vers son nouvel ennemi, mais il fut arrêté de justesse par Cyrano arrivant à la rescousse, le fleuret à la main.

— Il faudra d'abord m'affronter, dit-il en menaçant l'équipage des pirates.

— Puisque vous êtes d'humeur à vous amuser, allons-y ! répondit Crochet. Les gars, allez me chercher notre ami commun, que j'essaie mon joujou favori.

Coudric et un autre bonhomme se dirigèrent vers une grosse limousine flambant neuve garée à quelques pas. Les vitres teintées ne laissaient rien voir de ce qui se passait à l'intérieur. Ils en extirpèrent un petit homme tout chétif. Il avait l'air apeuré, les nombreuses contusions qui couvraient son visage permettaient d'imaginer les mauvais traitements qu'il avait dû endurer.

— Arthur ! geignit-il à demi conscient. Venez m'aider, je vous en prie.

— Séchard, que vous ont-ils fait ?... Qu'avez-vous fait à cet homme ? répliqua Arthur en frappant son poing droit dans la paume de sa main gauche.

Il tâchait de contenir la colère qui bouillait en lui.

— Pas grand-chose. Nous nous sommes un peu amusés, comme je vous le disais. Quelques devinettes, rien que ça. Malheureusement pour lui, l'imprimeur n'est pas très bavard, et si peu joueur… ironisa Crochet.

— Relâchez-le immédiatement ! tonna Cyrano.

— Hors de question, il est à moi, désormais.

La foule s'approcha et se densifia autour d'eux.

Alors, tous les policiers se rassemblèrent en une armée d'automates indistincts, le casque à visière sur la face. Les pirates, quant à eux, se regroupèrent autour de leur capitaine. Des deux côtés, les adversaires s'avéraient redoutables.

Don Quichotte n'hésita pas pour autant à les affronter. Il se fraya un chemin et se planta devant Crochet, qu'il regarda avec audace, sans baisser les yeux. Il n'avait pas traversé la péninsule Ibérique, gravi des chaînes de montagnes et roulé tant de kilomètres à bord de sa vieille voiture pour se laisser impressionner aussi facilement. Sûrement pas. Il savait à qui il avait affaire et connaissait particulièrement bien les pirates par tous les récits qu'il avait lus. Il avait une idée géniale : il se rappelait qu'en dernier recours cette mauvaise engeance usait d'un droit reconnu de tous.

— Si vous êtes, comme il paraît, de vrais pirates, messieurs, vous ne me refuserez pas cette requête, j'imagine : j'invoque les pourparlers.

Arthur se demandait ce que faisait cet utopiste

de Don Quichotte : espérait-il vraiment s'en sortir par la discussion avec pareils voyous ? Il risquait de se faire trancher la gorge.

Arthur s'apprêtait à l'arrêter, quand il songea que, parfois, les hommes les plus fous sont aussi les plus lucides. Après tout, peut-être fallait-il lui faire confiance.

Chapitre 25

— Quoi ? demanda Crochet, stupéfait d'entendre son jargon de pirate sortant de la bouche de celui qu'il considérait comme un chevalier de pacotille.

— Vous avez très bien entendu : j'invoque votre loi, les pourparlers, répéta Don Quichotte.

— Bon sang ! pesta le capitaine. Il faut toujours que ça finisse de cette manière. Relâchez ces ordures ! Le code, c'est le code.

— Vous savez ce que j'en fais, moi, de votre code, Crochet ? grogna Malivole.

— Non, et je ne veux pas le savoir. Je vais m'entretenir avec cet homme, un point c'est tout, répliqua Crochet en saisissant Don Quichotte par le bras.

Ils passèrent devant les pirates puis les haies formées par la police d'Otto Dafé. Pistolets et matraques étaient baissés. Au même moment, la foule se mit à encourager le héros. Une salve d'applaudissements retentit tandis qu'il approchait de la limousine blanche. Les portes de la voiture s'ouvrirent. Deux officiers fouillèrent Don Quichotte pour le dépouiller de ses armes, avant de le laisser s'engouffrer dans le véhicule, où le capitaine était déjà entré.

Au fond, dans la semi-obscurité, un homme en costume noir sirotait un verre de whisky. La fumée d'un cigare qui se consumait entre ses doigts couvrait d'un voile sa silhouette sombre et les traits de son visage inflexible. Seuls ses yeux vifs transperçaient ce nimbe, mais une parole sortant de sa bouche suffit à l'identifier :

— Que veut ce renégat ?

Don Quichotte eut un mouvement de répulsion. Il ne se rappelait que trop bien avoir entendu le son de cette voix, une seule et unique fois, voilà très longtemps. La phrase prononcée ce fameux 21 décembre 1984 était restée gravée dans sa mémoire : « Tous les livres sont formellement interdits ! »

Trente ans – il avait attendu trente ans pour

faire face à ce terrible cauchemar et rencontrer l'ennemi juré, le Grand Gouverneur. Il n'avait nulle envie de l'épargner, cependant il voulait aussi remporter cette bataille loyalement et dignement.

— Alors, vous allez me répondre, oui ? insista Otto Dafé. Qu'est-ce qu'il veut ?

— Parler. C'est la loi. Je dois la respecter.

— Hors de question !

— Grand Gouverneur, j'en ai décidé autrement. Et je vous préviens, je ne suis pas d'humeur, grogna le capitaine en le menaçant de son crochet.

Les hommes qui l'avaient fouillé l'avaient dépouillé de son pistolet, mais n'avaient pas osé lui demander de se défaire de sa prothèse, qui était pourtant son arme la plus redoutable. Grossière erreur.

— Mes camarades et moi avons incité le peuple tout entier à la rébellion, commença Don Quichotte. La terreur dans laquelle il vit a assez duré. Le pays a été privé de ses droits : ceux de s'épanouir, de s'instruire, de communiquer. Beaucoup sont devenus des ignorants, ternes et misérables. Est-ce un tel peuple que vous voulez gouverner ?

— Leur ignorance est un moindre mal, ils se portent mieux ainsi. Vous savez pertinemment pourquoi nous en sommes arrivés là : nous avons bâti un rempart contre la folie et la débauche. Mais vous, bien sûr, vous n'y comprenez rien : vous êtes la folie incarnée, à ce qu'on raconte. N'est-ce pas, docteur ?

— Exact, confirma l'homme tapi dans l'ombre.

Il fit pivoter son siège et découvrit son visage. C'était le docteur Jekyll.

— Cet homme a été un allié de choix, je dois le dire, se félicita Otto Dafé. Nous lui devons beaucoup. Sans lui, nous aurions perdu un temps considérable avant de comprendre ce que manigançaient votre neveu et son vieux gâteux de Pangloss. Mon pauvre Don Quichotte, je crains que votre retour parmi eux ne soit vain. Vous et vos amis, vous nous donnerez juste un peu de travail. Mais nous ne pouvons pas vous en vouloir d'avoir essayé. Nous recommencerons à brûler ce que l'imprimeur a fabriqué, et nos informaticiens renforceront la censure. Rien de bien méchant. Belle tentative, néanmoins.

— Capitaine, reprit Don Quichotte sans perdre son sang-froid, permettez-moi de vous demander si vous savez que vous êtes au service d'un vil et égoïste imposteur ? J'ai du mal à comprendre qu'un pirate de votre acabit supporte qu'un trésor aussi considérable que celui de votre Grand Gouverneur ne soit pas partagé entre tous. Puis-je savoir ce que vous avez touché pour avoir fait le guet à Brocéliande ?

— Qu'est-ce que tu veux dire par là ? Parle ! répliqua Crochet.

— Non, faites-le taire, commanda Otto Dafé, qui passait par toutes les couleurs. Vous voyez bien que cet illuminé est en plein délire.

— Parle, je te dis ! fit le pirate en approchant son crochet du visage du chevalier errant.

— Faites-le taire ! répéta Otto Dafé.

— Le jour du grand bûcher, votre Grand Gouverneur n'a détruit qu'une partie du trésor que possédait le pays. Il a emporté tout le reste. Demandez-lui vous-même où est passé ce butin. Il saura vous répondre.

— Serpent perfide ! Menteur ! On te connaît assez pour tes mystifications. Qui es-tu pour m'accuser ainsi ?

— Le chevalier Don Quichotte. Certes, je n'ai affronté personne en passant par la province de la Manche, je n'ai combattu que des moulins à vent, je n'ai rien de l'Amadis de Gaule, qui savait si bien manier les armes, et j'ai vécu mon existence dans les livres. Je n'en suis pas moins lucide. Et je sais ce que cet homme a fait. Je sais qu'il dit vouloir le bien de tous, mais qu'il nous a tous volés.

— Cessez ! cria Otto Dafé, livide.

— Il a emporté de l'autre côté de la frontière tous les livres des plus belles bibliothèques, tous les volumes des grands collectionneurs, tous les manuscrits uniques et précieux. C'est ce qui s'appelle bâtir des châteaux en Espagne, n'est-ce pas ? Pourtant, c'est la triste vérité. Votre code de piraterie vous autorise à demander votre part, non ?

— Prouve-le ! lança Crochet.

— Oh ! j'en serais bien incapable, rusa Don Quichotte, qui toisait Otto Dafé, et pour cause : à l'heure où je vous parle, mes fidèles compagnons sont en train d'y mettre le feu. Tout sera réduit en cendres. Ce n'est qu'une question de minutes. Ce trésor doit être à tous ou ne pas être.

À ces mots, Otto Dafé se redressa, ivre de colère, écumant de rage ; ses yeux lançaient des éclairs. Il serra les poings et cracha son venin :

— Sale monstre infâme ! Poison de notre société. Comment as-tu pu ? Je vais te faire pendre.

— Capitaine, je n'ai rien à ajouter. Voilà qui tient lieu d'aveu, je suppose.

Otto Dafé eut beau essayer de se raviser, il était trop tard. Jekyll l'observa en silence tandis que Crochet menaçait de l'embrocher.

— Sors ! lança ce dernier. J'ai quelques affaires à régler avec notre Grand Gouverneur. Feu le Grand Gouverneur, je veux dire.

Don Quichotte obtempéra. Il n'avait plus rien à ajouter ; il avait fait mouche. Tout le monde vint l'accueillir, en tête les onze camarades qui avaient pris part à cette aventure. Ils assaillirent leur héros de questions :

— Que s'est-il passé ? Qu'est-ce qui va arriver ? Où est Otto Dafé ?

— Mes amis, dit Don Quichotte, soyez tranquilles : je crois que nous en sommes débarrassés, et pour de bon !

Lazarillo avait les yeux brillants de larmes devant ce tableau qui se présentait à lui : tante Lucida venait d'émerger de la foule et serrait dans ses bras ce frère qu'elle pensait avoir perdu à jamais.

Malivole arriva :

— Arrêtez cet homme et ses complices. Qu'ils croupissent derrière les barreaux. Tous. Même les enfants !

Les agents les attrapèrent un par un avec violence. Lazarillo, Peter Pan, Arthur et Don Quichotte, qui se débattaient, furent menottés ; Miss Marple et Shéhérazade, qui n'opposaient qu'une frêle résistance, jetées au sol ; les autres avaient un pistolet pointé contre la tempe.

Plus un mot, hormis les cris des agents de Malivole. La clameur de la foule s'était changée en un discret bourdonnement. Ce quasi-silence pesait lourd.

Soudain, Crochet le rompit de sa voix tonitruante :

— Pirates, changement de programme ! Délivrez ces hommes ainsi que l'imprimeur. Nous tenons notre traître : Otto Dafé a volé notre part du trésor. Mutinerie ! À bas Otto Dafé !

Les pirates de tout poil fondirent sur la limousine sans que Malivole puisse faire quoi que ce soit. Il était demeuré interdit. Ces hommes grossiers et impressionnants, qui ne recevaient d'ordres que de leur capitaine, ouvrirent la portière et tirèrent Otto Dafé hors du véhicule, qui par la manche de sa veste, qui par la jambe de son pantalon.

Crochet, fidèle à ce qu'il était, c'est-à-dire un pirate sans vergogne, ordonna de prendre possession de tout, de s'emparer des livres qui avaient été déposés par les manifestants sur le pavé.

— Servez-vous au passage, fit-il. Et qu'il ne reste plus rien.

Cyrano s'apprêtait à arrêter ce pillage organisé, mais Lazarillo le retint.

— Non, Cyrano, après tout, est-ce que Pangloss ne nous a pas appris que la littérature était à mettre entre toutes les mains ? S'il y a un espoir de changer la crapule, cultivons-le.

Don Quichotte observa le garçon. Il le trouva très courageux pour son âge. Ce visage, cette flamme dans ses yeux, ce discours, ce ne pouvait être que lui, son neveu.

Comme il avait eu raison de faire en sorte que Lucida lui passe ce message !

Chapitre 26

Après cette mésaventure, Otto Dafé échappa de peu à la foule qui voulait rendre justice elle-même.

— À mort ! À mort ! On veut sa peau. La peau d'Otto Dafé ! hurlaient des milliers de partisans.

Mais Malivole, qui essayait de reprendre un tant soit peu le contrôle de la situation, estima qu'il fallait qu'il soit jugé pour de bon et qu'en attendant il devait être jeté en prison.

Otto Dafé devrait répondre de ses actes. Il était coupable d'avoir privé le peuple de ses libertés, de l'avoir manipulé en lui enlevant le droit de penser. Mais le pire châtiment, il l'avait déjà subi, puisque Don Quichotte avait dit que ses collections de livres étaient réduites à néant. En voyant l'air abasourdi d'Otto Dafé, le chevalier avait de quoi être fier de son mensonge.

Quelques mois plus tôt, Don Quichotte avait lancé des recherches en Espagne, car il avait entendu dire que le Grand Gouverneur s'y rendait souvent pour affaires, ce qui lui avait paru suspect. On avait fini par comprendre qu'il était le propriétaire de cette maison connue pour être celle d'un mystérieux bibliophile anonyme qui collectionnait des ouvrages rares. Cette véritable forteresse renfermait donc tous les livres dérobés en 1984.

Après que l'arrestation d'Otto Dafé avait été relayée sur Internet, tous les amis que Don Quichotte s'était faits entre Madrid et Barcelone au cours de ses longues années d'exil promirent de s'emparer de ces livres pour les lui restituer. Ils savaient qu'il en ferait bon usage. Comme la maison était surveillée jour et nuit par des gardes postés à des miradors, ils s'y étaient mis à cent et plus et étaient parvenus à s'emparer de cette riche collection.

Désormais, Don Quichotte n'avait plus qu'à faire reconstruire des bibliothèques et des centres d'archives. Alors, tous ces ouvrages seraient placés en lieu sûr et rendus accessibles à tous. Tels étaient ses projets, il comptait les réaliser avec l'aide de son neveu et de ses acolytes.

Don Quichotte monta dans son bolide. Il embrassa sa sœur et caressa les cheveux de Lazarillo.

— Petit, je dois te féliciter. Ma sœur adorée, je m'en vais, j'ai à faire. Je viendrai te rendre visite avant la fin de la journée.

Le moteur seize soupapes de la superbe Rossinante 3000 se mit à gronder. Don Quichotte traversa la capitale. Il faisait bon revoir le pays où il avait vécu son enfance. Il se souvint avec nostalgie des bons moments passés avec son frère cadet et Lucida.

Arrivé devant la demeure de Pangloss, il stoppa. Il la reconnut immédiatement, comme s'il l'avait quittée la veille. Il frappa.

— Bonjour, mon vieil ami ! annonça-t-il quand la porte s'ouvrit.

— Soit mes oreilles me jouent des tours, soit il s'agit du chevalier Don Quichotte de la Manche ! répondit Pangloss. Quelle joie de te retrouver ! Entre donc.

Le plaisir était partagé, mais les signes de faiblesse du vieil homme l'affligèrent. Il avait sous-estimé le grand âge de ce dernier, dont les forces déclinaient chaque jour davantage. Il était revenu juste à temps pour retrouver encore un peu la joie de sa présence.

Ils s'assirent, parlèrent longuement et rirent beaucoup en ressassant le passé. Don Quichotte ne manqua pas non plus de raconter ses aventures. Pas toutes, évidemment, elles étaient bien trop nombreuses, car il faisait de la moindre promenade une expédition extraordinaire. Pangloss se sentait envoûté par la magie et la fantaisie de ce conteur hors pair. Il se laissa emporter tant et si bien dans cet univers imaginaire qu'il s'enfonça dans un profond et moelleux sommeil. Son souffle régulier et paisible ralentit ; le rocking-chair continua de le bercer lentement.

Don Quichotte s'éclipsa en toute discrétion.

Sur le pas de la porte, il croisa Lazarillo.

— Ça alors, jeune écuyer, je jurerais voir mon défunt frère en te regardant.

— Son portrait craché, paraît-il. Enfin, c'est ce que tante Lucida me dit toujours. Je suis vraiment content de te voir, oncle Don Quichotte. J'ai tellement entendu parler de toi par elle et aussi par Pangloss. Je savais bien que c'est chez lui que je te trouverais.

— Le vieux fou m'a manqué. Pour le moment, il se repose ; il en a grand besoin. Que dirais-tu de m'accompagner chez notre Lucida ?

Don Quichotte prit son neveu par l'épaule et le fit monter dans sa voiture rouge feu.

— Tiens, je n'ai pas encore fait les présentations. Voici ma plus fidèle compagne : Rossinante.

Le moteur du bolide ronfla.

En ce premier jour du printemps, aux côtés de son héros, Lazarillo se trouva le garçon le plus heureux du monde.

Chapitre 27

Depuis que la censure était levée, que la police d'Otto Dafé avait fini de tout contrôler et que les pirates avaient cessé de rôder, la petite équipe des rédacteurs du journal du collège était plus efficace que jamais. Loin de se cacher de lire, ils partageaient désormais leurs impressions avec les adeptes de leurs chroniques livresques.

Pangloss aurait été très fier d'eux, mais il quitta ce monde peu de temps après avoir revu Don Quichotte, qu'il n'espérait pas retrouver encore quelques mois auparavant.

Les archives de la ville, seules détentrices de la vérité sur chaque habitant, révélèrent qu'il était dans sa cent douzième année – celle du bonheur et de la liberté recouvrés.

Les onze membres du groupe se retrouvèrent chez lui pour mettre de l'ordre dans ses affaires. Encore une nouvelle aventure qui leur réserva bien des surprises : ils découvrirent de nombreux souvenirs et mirent la main sur un précieux document dissimulé parmi les livres du grenier, son testament.

Voici ce que disait le papier rédigé de la main tremblante et mal assurée du vieil aveugle :

« Je lègue à Don Quichotte ma maison pour qu'il en fasse ce qu'elle doit être : un lieu dédié à la littérature. Qu'il invite les amoureux des Lettres à se réunir autour du petit Lazarillo, mon ami et celui que je regarde de là-haut comme mon petit-fils. »

Don Quichotte exécuta cette dernière volonté.

Tous les anciens amis de Pangloss se rencontraient régulièrement dans son antre pour parler de livres – tous hormis Nemo, qui continuait à préférer les machines.

Lazarillo songeait souvent avec mélancolie à cette folle aventure. Ses compagnons et lui avaient mené à bien une fameuse quête. Grâce à eux, les gens pouvaient vivre à nouveau, reprendre goût à l'existence, avec ses joies et ses peines. C'était peut-être cela, le meilleur des mondes dont Pangloss lui avait si souvent parlé.

Index

Ali Baba :
Ce bûcheron apparaît dans l'un des récits du célèbre recueil des *Mille et Une Nuits*. Un jour qu'il est parti couper du bois dans une forêt, il découvre une bande de voleurs (au nombre de quarante !). Il les entend prononcer la célèbre formule « Sésame, ouvre-toi », qui permet d'avoir accès à une grotte. Dès qu'ils ont tourné les talons, Ali Baba en profite pour voir ce qui se cache dans ce mystérieux endroit. Un magnifique trésor s'offre à lui, dont il emporte une partie. Mais ce n'est que le début de ses péripéties.

Arthur :
Les récits mettant en scène ce héros mythique sont nombreux au Moyen Âge. Dès sa naissance, Arthur, fils du roi des Bretons Uther Pendragon et d'Ygraine de Cornouailles, est confié à Merlin l'enchanteur. Ce dernier l'élève sans lui révéler ses origines royales et lui donne l'éducation d'un chevalier. À la mort d'Uther Pendragon, comme aucun héritier légitime n'est désigné, on apprend que celui qui retirera une épée fichée dans un bloc de pierre sera fait roi. Personne n'y parvient, hormis le jeune Arthur. D'après Chrétien de Troyes, le roi Arthur est aussi connu pour avoir réuni de preux chevaliers autour de la Table ronde. S'ils ont pour mission de lutter contre le mal, de faire régner la justice et de protéger le royaume, l'une de leurs principales quêtes est de trouver le saint Graal (calice qui aurait recueilli le sang du Christ).

Coudric :
Ce pirate est aux ordres du capitaine Crochet.

Crochet (capitaine) :
James Crochet est le méchant pirate de Peter Pan, le roman de J. M. Barrie. Cet ennemi juré du héros qui l'a amputé d'une main incarne le mal. Avec son crochet pour prothèse, il fait régner la terreur au Pays imaginaire.

Cyrano de Bergerac :
Cet écrivain du XVIIe siècle est devenu un personnage mythique sous la plume d'Edmond Rostand. Une cape, un chapeau, une épée et surtout un long nez le caractérisent. Si sa bien-aimée cousine Roxane ne tombe pas amoureuse de lui pour son physique, en revanche, sans le savoir, elle se laisse séduire par ses belles réparties et son art de manier les mots.

Don Quichotte :
Ce gentilhomme, rêveur invétéré, est passionné de romans de chevalerie. Tant et si bien que la littérature prend le pas sur le réel : il enfourche sa monture, le vieux cheval Rossinante, et parcourt l'Espagne en compagnie de son fidèle écuyer Sancho Panza. Son but ? Combattre le mal et faire régner la justice. Mais Don Quichotte déforme la réalité : les filles de ferme sont des princesses, les moulins à vent des géants, et il espère trouver sa Dulcinée, qui est le fruit de son imagination.

Folcoche :
Paule, dont le surnom est la contraction des mots « folle » et « cochonne », est un personnage du roman *Vipère au*

poing, d'Hervé Bazin. Elle est une mère cruelle qui n'a aucun amour pour ses enfants et n'hésite pas à les battre.

Guenièvre :
Elle est la fille de Léodagan, qui a servi Uther Pendragon et a été responsable de la Table ronde après sa mort. Elle rencontre Arthur par l'intermédiaire de son père et devient son épouse. Les récits nous disent qu'elle tombe amoureuse du chevalier Lancelot.

Jekyll (le docteur) :
Ce personnage du roman de Robert Louis Stevenson *L'Étrange Cas du docteur Jekyll et de Mr Hyde* est un homme apprécié de ses amis qu'il a coutume de recevoir. Mais au fil de l'œuvre, il change et devient de plus en plus solitaire. C'est que, grâce à une potion, il a réussi à séparer son âme en deux parties : l'une est bonne, celle de Jekyll, l'autre mauvaise, celle de Mr Hyde, qui se cachait en lui et petit à petit a pris le dessus.

Lazarillo :
Lazaro, surnommé Lazarillo, est le héros du roman du XVIe siècle *La Vie de Lazarillo de Tormès*. Ce jeune garçon né en Castille-et-León appartient à un milieu modeste. Il est orphelin de père et, pour accroître encore son infortune, son beau-père est accusé de vol. Il est alors confié par sa mère à un mendiant aveugle, puis à divers maîtres (un prêtre, un écuyer, un moine, un bulliste, un chapelain, un alguazil). Ses différentes péripéties font de lui un garçon intelligent.

Long John Silver :
Dans le roman de Robert Louis Stevenson *L'Île au trésor*,

ce pirate est le quartier-maître du vaisseau pirate *Walrus*, commandé par le capitaine Flint. Unijambiste à béquille, il est toujours accompagné de son fidèle perroquet, Cap'tain Flint. S'il semble être un compère jovial, il est en réalité un homme rusé et manipulateur.

Lucida :
Dans le roman médiéval *Perceforest*, elle tient le rôle d'une marraine, bonne fée ou déesse qui préside à la naissance des nouveau-nés.

Miss Marple :
Jane Marple est une héroïne qui apparaît dans plus de trente récits d'Agatha Christie. Douée d'une forte intuition, la vieille dame est capable de résoudre bien des énigmes, de préférence en ne s'éloignant pas trop de son domicile.

Nemo (le capitaine) :
Ingénieur génial, le héros du roman de Jules Verne *Vingt mille lieues sous les mers* est le commandant du sous-marin le *Nautilus*. Ce mystérieux personnage vit sous la mer et met à profit son goût pour les sciences et les techniques, mais il est aussi animé par un désir de justice et de destruction.

Pangloss :
Ce philosophe est l'un des personnages principaux du conte de Voltaire, *Candide*. Il tâche d'enseigner au jeune Candide son idée fixe, qu'il répète sans cesse, au point de se rendre ridicule : « Tout est pour le mieux dans le meilleur des mondes. »

Peter Pan :
Le héros de la pièce-roman de J. M. Barrie est un orphelin, jeune garçon facétieux et plein d'une imagination

débordante. Amoureux des histoires que lui raconte la belle Wendy, il l'emmène au Pays imaginaire, là où il combat l'infâme Crochet.

Rouletabille (Joseph) :
Ce héros d'une série de romans de Gaston Leroux est un jeune reporter doué d'une bonne réputation car il a résolu de nombreuses enquêtes plus vite que la police. Il use toujours du « bon bout de sa raison ». Son surnom fait référence à sa tête ronde. Il est serviable et toujours de bonne humeur. Il est le meilleur ami de Sinclair.

Séchard :
Fils d'imprimeur et lui-même imprimeur du roi à Angoulême, David Séchard apparaît dans le roman d'Honoré de Balzac *Les Illusions perdues*. Il est décrit comme un homme simple et enthousiaste.

Shéhérazade :
Elle est à la fois un personnage du recueil des *Mille et une Nuits* et la conteuse des contes qui y sont faits. Fille du grand vizir, elle veut mettre au point un stratagème pour faire cesser le massacre perpétré par le sultan ; celui-ci se cherche une épouse mais, au matin de chaque nuit de noces, il fait exécuter la nouvelle mariée. Shéhérazade décide alors de raconter une histoire qui tienne le sultan en haleine afin que celui-ci lui laisse la vie sauve.

Sinclair :
Le fidèle ami de Rouletabille a suivi des études d'avocat avant de se lancer dans le journalisme. Il suit son compagnon dans toutes ses aventures, même les plus dangereuses.

Du même auteur, chez Oskar

L'héritage du clan Morgan

Béa, lycéenne de 16 ans, est orpheline et vit avec Violette, sa grand-mère archiviste. En fouillant dans de vieux cartons, elle découvre un mystérieux manuscrit. Il est tout ce qui lui reste de ses parents, journalistes tragiquement disparus, mais aussi – Béa le découvre – romanciers mondialement célèbres sous les noms de Bérénice et Titus Morgan. La jeune fille s'est trouvé une mission : aidée de son amie Tess, elle va achever le manuscrit, et faire revivre, envers et contre tout, la gloire des Morgan.

Sélection de titres publiés chez Oskar Éditeur
Pour plus d'informations, consultez notre site :
www.oskareditions.com

Sylvie Allouche

La vengeance d'Isis

« Il n'y a plus une minute à perdre ou ELLE effacera à tout jamais le passé. » C'est le dernier email énigmatique envoyé par le père de William, éminent égyptologue, mystérieusement disparu près des pyramides. ELLE, c'est la déesse Isis. William est convaincu qu'elle retient son père prisonnier. S'il ne part pas à sa recherche au plus vite, 5 000 ans d'histoire seront anéantis à jamais. Dans la pyramide de Khéops - truffée de pièges, de gardes à tête de scarabée, de scorpions - le combat contre les dieux a commencé

Xavier Armange

La Cité hors du temps

Pour leur stage de 3e, Sarah et Marin, deux camarades parisiens de milieux différents, s'envolent pour Amman en Jordanie. À l'occasion d'une visite en hélicoptère, une tempête de sable provoque le crash de l'appareil en plein désert d'Arabie. Alors que le pilote et le guide sont tués, Sarah et Marin s'en sortent miraculeusement. Commence alors un long périple.

Jacques Asklund
Le réveil de la momie
Agnès Volnay et sa fille Marion en vacances en Égypte, visitent le musée des Antiquités du Caire. Soudain, une statue bascule et manque de blesser mortellement la jeune fille. Un témoin filme la scène : « un curieux cylindre aux reflets bleutés » écarte Marion de la trajectoire de la statue comme par magie.

Sylvie Baussier et Pascale Perrier
Les couleurs de la liberté
Juliaca, jeune fille rebelle et idéaliste, vit dans un monde où la personnalité des gens est visible par la couleur de leur « collien ». Chacun naît avec cette membrane colorée autour du cou. Elle rêve de voyages, tandis que sa sœur aînée, Sofia, aimerait devenir « liseuse de colliens », fonction rare et valorisante. Mais leur vie est bouleversée par un événement imprévu : le collien d'Ouro, leur jeune frère, vire au brun, couleur interdite par la société. C'est en effet le signe d'une personnalité despotique et donc d'un danger potentiel pour la communauté.

Roselyne Bertin
La sylve profonde
Et si l'été faisait à l'automne un pied de nez et poursuivait sa course ? La végétation prospère au point de devenir menaçante. La belle perspective d'un été perpétuel se révèle un danger...

Naïk Feillet
Azurane
Une grand-mère fée dans la fleur de ses deux cents ans, à la recherche de son mari disparu ; une jeune humaine dégourdie et solitaire, attirée par un étang qu'on dit hanté par le démon : Azurane et Margot appartiennent à deux mondes qui se croisent et se redoutent sans jamais se rencontrer, mais parfois la réalité est plus étrange que la magie des Aëlyres...

Dans la série « Les Chroniques étranges des enfants Trotter »
Anne Ferrier et Régine Joséphine
La malédiction Shakespeare – N°1
Un vol à la tire, une église médiévale en travaux, une crypte obscure au fond de laquelle se cache un mystérieux tombeau... et d'étranges parchemins signés de William Shakespeare... Inquiétantes découvertes pour Victor et Albane

Le Chien des Ténèbres – N°2
Au Canada chez leur tante, Victor et Albane ignorent qu'ils courent un danger mortel. La malédiction Shakespeare ? Naufragés, ils vont devoir affronter une terrifiante créature...

Les Pierres de prophétie – N°3
Albane et Victor se réjouissent de passer Noël avec leur tante. Enfin un peu de repos, après des aventures épuisantes ! Mais les pouvoirs d'Albane se développent. Dans ses visions, des pierres gigantesques avancent toutes seules dans la vallée de la Mort, la Terre se convulse et crache du feu. Albane met-elle l'Âme du monde en danger ? Les enfants Trotter sont devenus une menace qu'il faut éliminer...

Le dernier combat - N°4
Depuis les terribles événements de la Death Valley, Albane et Victor Trotter sont étroitement surveillés par l'Ordre. Le Collectionneur, désormais dans la Trame, est en passe de s'emparer du cœur de l'Âme, et mettre ainsi en danger des millions de vies humaines. Alors que la Terre se déchaîne, Albane comprend qu'elle est le dernier rempart contre le chaos. Le Collectionneur est à chaque instant plus puissant, semant la destruction et la mort ; l'Ordre ne peut rien faire pour l'arrêter. Si Albane Trotter n'agit pas vite, ce sera la fin du monde.

Émilie Fort-Ortet et Laurent Jouin
Coups tordus et traits de génie
Attendu par son grand-père à la sortie de l'école, Victor se

retrouve embarqué à bord d'un avion. Direction Florence, la ville de Michel-Ange, pour un week-end surprise parmi les chefs-d'oeuvre de la Renaissance. Grand-père est en service commandé pour un musée, mais à vouloir jouer au plus fin, il pourrait bien tomber dans un guet-apens, et Victor aura fort à faire pour déjouer les sombres desseins des trafiquants d'art.

Pascal Hérault
Chimères
Dans un futur lointain. Anders habite la Grande Périphérie, dans un quartier populaire. Son père, Jeff, au chômage, passe le plus clair de son temps loin de la maison. L'adolescent, inquiet, pense qu'il se livre à des activités illégales. Pendant ce temps, sur Internet, sévissent de mystérieux virus informatiques appelés « chimères » et qui emportent les internautes imprudents de l'autre côté... de l'écran. Et si le père d'Anders était lui aussi victime d'une « chimère » ?

Olivier Larizza
Le fantôme de Dublin
Gustave Faust, 13 ans, est envoyé en vacances en Irlande chez son grand-oncle, Edmons Ginole, un riche exploitant à la retraite qu'il n'a encore jamais rencontré. Ce vieil homme énigmatique vit en compagnie d'un valet austère dans un manoir délabré et hanté par le fantôme de l'ancien propriétaire. Le portrait de cet aristocrate du XVIIIe siècle trône dans les escaliers et Gustave semble troublé. Qui était vraiment ce personnage ?

Marie-Aude Matignon
Yama
Trois sœurs déménagent dans un village de montagne. Leur père et leur frère ont disparu dans de mystérieuses circonstances. Mais la montagne leur réserve des surprises. Elles y rencontrent de nombreuses créatures fantastiques et découvrent que le monde des yokai est en guerre. Et que des hommes avides de pouvoir comptent bien en tirer profit...

Publié par Oskar éditeur
21, avenue de la Motte-Picquet
75007 Paris - France
Tél. : +33 (0)1 47 05 58 92
E–mail : oskar@oskareditions.com
Site Internet : www.oskareditions.com

Auteur : Justine Jotham
Graphisme : Jean-François Saada
Direction éditoriale : Françoise Hessel
Mise en page : David Lanzmann

ISBN : 979-10-214-04475-5
Dépôt légal : Mai 2016
Imprimé en Europe
Loi n° 49–956 du 16 juillet 1949
sur les publications destinées à la jeunesse